Ehegeschichten

Hermann Gutmann

EHEGESCHICHTEN

oder:

Eine kleine Liebeserklärung ...
... mit anderen Worten

Edition Temmen

Die Deutsche Bibliothek - CIP-Einheitsaufnahme

Ein Titeldatensatz für diese Publikation ist bei
Der Deutschen Bibliothek erhältlich.

ISBN 3-86108-152-0

Dieser Band erschien erstmals 1989
im Luisental-Verlag, Bremen
3. Auflage 2002

28209 Bremen - Hohenlohestr. 21
Tel. 0421-34843-0 - Fax 0421-348094
info@edition-temmen.de

Herstellung: Edition Temmen

ISBN 3-86108-152-0

Inhalt

Kleiderprobleme

Ein älterer Herr stand wartend vor einem Laden in der Innenstadt, und er sah eigentlich ganz plietsch aus. Aber dann trat seine Frau aus dem Laden, drückte ihm eine Einkaufstüte in die Hand, guckte ihn prüfend und gleichzeitig mißbilligend an und sagte: »Komm mal her, Vadder und laß dich erstmal richtig anzieh'n«.

Und damit begann sie, an dem armen Kerl zu zerren und zu zupfen. Sein Schal saß nicht richtig und der Schlips auch nicht. Und der Kragen seiner Jacke unter dem Mantel war umgeklappt.

Und während sie damit beschäftigt war, ihren Mann richtig anzuziehen, stand der völlig teilnahmslos dabei und guckte dösig. So ungefähr hab' ich früher bei Schocken in der Kinderabteilung auf dem Tresen gestanden, wenn sie mir'n Matrosenanzug anpaßten und mich hin und her drehten, ob auch alles richtig sitzt.

In diesem Augenblick, als ich Zeuge wurde, wie sich ein an sich plietscher älterer Herr in einen dösigen Vadder verwandelte, fiel es mir wie Schuppen von den Augen.

Denn wir woll'n mal ehrlich sein - wie ist das, wenn wir irgendwo im Smoking auf einem Empfang rumstehen oder im guten Anzug auf einer Geburtstagsgesellschaft sind? Immer haben die Frauen an uns was zu fummeln. Hier'n Fussel auf dem Ärmel, und da 'n Staubkorn auf der Schulter, und die Fliege sitzt schief, und immer gucken sie, ob sie nicht noch irgendeine Nachlässigkeit entdecken. Wissen Sie, da kann man doch in eine richtige Panik geraten, die ich allerdings schon morgens hab', wenn ich vor meinem Kleiderschrank stehe und krampfhaft überlege, was ich anzieh'n soll.

Doch sobald ich mich verkrampfe, kann ich nicht mehr richtig denken und greif' immer nach den verkehrten Klamotten.

Blaue Socken zur roten Krawatte, dazu 'n gelbes Hemd und die grüne Hose - das wirkt im ersten Augenblick ganz logisch. Und ich zieh' das auch an und renn' runter und frag' meine Frau: »Sag mal, kann ich so geh'n?« Und die guckt gar nicht hin. Die fragt ganz automatisch: »Wie siehst du denn wieder aus?« Ich trete vor den Spiegel, und da seh' ich das auch, daß ich etwas merkwürdig angezogen bin. Ich steige also wieder hinauf zu meinem Kleiderschrank und rufe hinunter: »Was würdest du denn an meiner Stelle anzieh'n?«

»Erstmal würde ich alles wieder auszieh'n!« ruft meine Frau zurück. Und nun müssen Sie sich das vorstellen, wie ich da vor dem Kleiderschrank stehe und hineingucke. Und ich seh' nichts.

Sie werden es nicht glauben, aber ich habe nichts Vernünftiges anzuziehen. Höchstens den roten Pullover mit den Kaffeeflecken und die Hose, auf die mir mal beim Essen 'ne halbe Ente geflogen ist. Und dann, natürlich - die blauen Socken, die rote Krawatte, das gelbe Hemd und die grüne Hose. Doch die darf ich nicht.

»Ich weiß wirklich nicht, was ich anziehen soll!« teile ich meiner Frau mit. Und meine Frau sagt mir, was sie an meiner Stelle anzöge. Und ich wundere mich, daß ich nicht selber darauf gekommen bin.

Ich also rein in die Klamotten, wieder runter, und meine Frau guckt mich an und sagt: »Komm erstmal her, wie läufst du denn rum.« Sie zerrt an meinem Kragen, rupft an meinem Pullover, findet auch noch 'n Fussel auf meiner Schulter, und als ich endlich richtig angezogen bin, dreh' ich mich um und will geh'n. Da ruft sie hinter mir her: »Sag mal, deine Socken! Rechts 'n gelber und links 'n roter - ist das Absicht?«

Nachdenken

Es ist ja so, daß man als Mann auch nach vielen Jahren einer Ehe nach dem Mittagessen immer das Gefühl hat, man sei in der Küche eigentlich ziemlich überflüssig.

Ich meine, sie hat es mir noch nie so direkt gesagt, meine Frau. Das käme für sie auch gar nicht in Frage, denn stellen Sie sich mal diese Herzlosigkeit vor, einem Menschen, der nach einem guten Essen zufrieden am Tisch sitzt und nichts Böses ahnt, gerade heraus vor den Kopf zu sagen, er sei überflüssig.

Nein, das macht sie nicht.

Aber als langjähriger Ehemann spürt man ja an Kleinigkeiten, was los ist. Zum Beispiel, wenn meine Frau einen tiefen Seufzer von sich gibt und zu sich selber sagt, daß sie nun die Küche in Ordnung bringen müsse, und wenn sie danach anfängt, geräuschvoll mit dem Geschirr zu klappern - wissen Sie, dann denke ich, es könnte ihr peinlich sein, wenn ich zugucke. Und dann steh' ich vom Tisch auf und geh' ganz leise hinaus.

»Wo willst du denn hin?« fragt mich meine Frau. Und ich sage: »Ich komm' gleich wieder.«

»Das kenn ich schon«, sagt sie. »Immer gehst du weg und läßt mich mit dem Dreck sitzen...«

Sie sagt noch einiges mehr. Aber das verstehe ich schon gar nicht mehr, weil mich mit einem Male eine große Müdigkeit überfällt, die ich gar nicht unter Kontrolle kriege. Und ich leg' mich auf's Sofa, und das Klappern des Geschirrs aus der Küche entfernt sich immer weiter und weiter von mir, und mit einem Male ist es weg.

Aber es ist gerade, als hätte meine Frau das geahnt. Sie ruft: »Hemmann!«

Ich denk natürlich zuerst, ich sei gar nicht gemeint. Aber dann wird das »Hemmann« energischer, und schließlich wird ein richtiger »Hermann« daraus, mit einem ganz scharfen »r«, und da halte ich es schon für besser, mich nach dem Grund der Schreierei zu erkundigen. »Ja, was ist denn?« frage ich.

Und sie fragt: »Was machst du?«

Ich antworte wahrheitsgemäß: »Ich denke nach.«

»Du denkst nach?« fragt sie zurück.

»Ja«, sage ich. »Ich liege auf dem Sofa und denke nach.«

»Du wirst dir hoffentlich den Kopf dabei nicht zerbrechen«, sagt sie.

»Nein, nein«, versichere ich ihr: »Weißt du, ich denke nur über dieses und jenes nach. Es gibt im Leben so viel zu bedenken.«

»Das ist wahr«, stimmt mir meine Frau zu. »Zum Beispiel könnte man über die Frage nachdenken, ob es gerecht ist, daß nach dem Mittagessen einer die Küche in Ordnung bringen und der andere auf dem Sofa liegen und nachdenken muß.«

»Es ist ungerecht«, sage ich mit Nachdruck. »Denn bedenke einmal die hohe Verantwortung, die im Nachdenken liegt, und was alles passieren kann, wenn man beim Nachdenken zu falschen Schlüssen kommt. Das kann sich auf unser ganzes Leben negativ auswirken. Manchmal denke ich«, sage ich und dreh' mich ein bißchen fester in die Wolldecke ein, »manchmal denke ich, es wäre besser gewesen, ich wäre eine Frau geworden, dann hätte ich jetzt in aller Ruhe in der Küche stehen und arbeiten können, während du hättest auf dem Sofa liegen und nachdenken müssen.«

»Ja«, sagt meine Frau, »da sind wir nun endlich mal einer Meinung. Ich denke auch manchmal, es wäre besser gewesen, denn deine Gedanken ... ich meine, ich bin ja in all den vielen Jahren unserer Ehe noch nicht dahintergekommen, was du mittags nach dem Essen, wenn du auf dem Sofa liegst, so denkst. Aber – es muß ein ziemlich langweiliges Zeug sein, weil du immer schon nach einer Minute laut zu schnarchen anfängst ...«

Schuhkauf

Die besten Ideen kommen meiner Frau immer zu unpassender Zeit.

Hätte sie mir, zum Beispiel, morgens beim Frühstück gleich gesagt: »Hör mal, du brauchst für den Winter noch 'n Paar Schuhe«, dann wäre alles in Ordnung gewesen. Aber beim Frühstück war die Notwendigkeit eines Schuhkaufs mit keinem Wort erwähnt worden. Stattdessen hatte mir meine Frau die Zeitung unter die Nase gehalten und gesagt: »Deine Freundin steht auch wieder drin.« Und wenn sie das so spitz sagt, dann hat das entweder was mit Prinzessin Caroline von Monaco zu tun oder mit Claudia Schiffer.

Also, beim Frühstück – keine Rede.

Zwei Stunden später geh'n wir durch die Stadt, und mit einem Male sagt meine Frau in die Auslagen eines Pralinengeschäftes hinein: »Wir sollten für dich Schuhe angucken. Du brauchst unbedingt Schuhe für den Winter.«

»Aber doch nicht heute«, protestiere ich. »Wieso nicht?« fragt meine Frau.

Und ich sage ihr: »Ich bin heute nicht in Form.«

Aber das ist gelogen, und meine Frau merkt das auch, und sie sagt: »Wenn du tagelang deine Socken nicht wechselst, dann mußt du auch die Konsequenzen tragen.«

Wissen Sie, das ist unfair. Man kann doch nicht immer auf alles achten. Ich weiß noch, einmal, da saß ich auch völlig überraschend in einem Schuhgeschäft und unterhielt mich mit einer sehr hübschen Verkäuferin, und währenddessen zog ich meinen rechten Schuh aus, um einen neuen Schuh anzuprobieren. Und da guckte mein großer Zeh aus der Socke. Er war eigentlich soweit ganz sauber, aber - das Loch.

»Oh«, sagte ich. Und die Verkäuferin meinte: »Das macht doch nichts.«

Und meine Frau lachte.

Aber statt aus solchen peinlichen Vorfällen zu lernen und mich künftig immer rechtzeitig auf einen Schuhkauf vorzubereiten, informiert mich meine Frau im allerletzten Augenblick, und ich steh' da mit der bangen Frage im Kopf, ob ich die Verkäuferin wieder mit Kartoffeln in den Strümpfen erschrecken werde.

Aber damit ist die Qual ja noch nicht zu Ende, denn ehe es dazu kommt, daß ich meine Schuhe ausziehe, werde ich gefragt: »Welche Schuhgröße haben Sie denn?«

Nun bring' ich sowieso schon meine Kragenweite und meine Schuhgröße durcheinander. Aber meistens fällt mir keine von beiden ein. Oder ich sage: »Zweiundvierzigkommafünf.« Und dann guckt die Verkäuferin erst mich ganz verdutzt an und dann meine Frau - die aber mit verständnisvollem Augenzwinkern.

Und dann bringt sie mir 'n Paar Schuhe, und ich, in meiner Panik, laß mir den rechten Schuh anziehen, mit einem Schuhanzieher, und während die Verkäuferin noch mit dem Schnürsenkel zu Gange ist, als könnt' ich das nicht selber, sage ich ganz schnell: »Die passen!«

»Sie sollten vielleicht den linken Schuh auch noch anziehen«, sagt die Verkäuferin. Ich prüfe innerlich den Zustand meiner linken Socke, und dann hab' ich auch schon beide Schuhe an, und die Frauen sagen, ich müsse damit ein bißchen auf und ab gehen.

»Geh'n Sie doch mal auf und ab!« sagt die Verkäuferin. Und meine Frau sagt: »Denk bitte daran, daß du im Winter dickere Socken trägst.«

Und ich geh' im Laden auf und ab, unter den prüfenden Blicken der beiden Frauen, und vor lauter Angst, daß ich nun gleich noch 'n halbes Dutzend Schuhe anprobieren muß, sag' ich: »Die passen!«

Im Winter fragen mich die Leute dann wieder teilnahmsvoll: »Was ist denn mit Ihnen los? Sie humpeln ja!«

Otto, nimm die Hände aus den Taschen

Es ist eine Weile her, da ich eine Dame kennenlernte, mit der ich ins Schnacken kam. Und die Dame erzählte von ihrem Vater, der Otto hieß, ein gemütlicher Herr war und ein bißchen wortkarg. Er sagte nur das allernötigste und ließ im übrigen seine Frau reden. Die konnte das besser.

Otto war - so sagte seine Tochter - entweder an seinem Arbeitsplatz oder in Begleitung seiner Frau, denn die beiden waren unzertrennlich.

Und wenn sie sonntags nachmittags durch die Straßen spazierten - die Tochter vorneweg oder hinterher, sagte die Mutter nach einer Weile zu ihrem Mann:

»Otto, nimm die Hände aus den Taschen!« Otto, der ein gehorsamer Ehemann war, nahm die Hände aus den Taschen und steckte sie nach kurzer Zeit wieder hinein.

Wo immer das Ehepaar auftauchte, auf Geburtstagsfeiern, auf Hochzeiten, in der Kirche oder im Konzert, man brauchte nicht lange zu warten, ehe die Frau zu ihrem Manne sagte: »Otto, nimm die Hände aus den Taschen!«

Manchmal sagte sie es sehr leise - zum Beispiel in der Kirche oder im Konzert, sozusagen flüsternd: »Otto, nimm die Hände aus den Taschen!«

Manchmal sagte sie es laut, so daß Otto einen Schreck bekam und darüber vergaß, die Hände aus den Taschen zu nehmen.

Aber sie ließ nicht locker: »Otto, nimm die Hände aus den Taschen.«

Es war ein Satz, der sich tief in das Gedächtnis der Tochter eingrub, und wann immer das Gespräch auf ihre Eltern kommt, sie muß an das ständige Mahnen ihrer Mutter denken.

»Otto, nimm die Hände aus den Taschen!« Und nachdem die Dame mir diese Geschichte erzählt hatte, ritt mich der Teufel, und ich erzählte sie meiner Frau.

Nicht lange danach gingen wir mit zwei unserer Enkelkinder durch die Stadt, und unvermittelt sagte meine Frau mahnend zu mir: »Otto, nimm die Hände aus den Taschen!«

Die Kinder guckten etwas irritiert, dann begriffen sie, daß ich gemeint war. Und es dauerte nicht lange, da sagte einer der beiden Kinder zu mir:

»Otto, nimm die Hände aus den Taschen!« Und stellen Sie sich vor, ich nahm sie gehorsam aus den Taschen, obwohl ich gar nicht Otto heiße.

Geschwindigkeit

Meine Frau sagt: »Du fährst immer so schnell!« Und bei diesen Worten tritt sie auf die Bremse, die aber zum Glück am Beifahrersitz gar nicht vorhanden ist. »Warum fährst du immer so schnell?«

»Ich fahre nicht schnell«, sage ich. »Ich fahre fünfzig, und hier sind fünfzig erlaubt - fünfzig Kilometer in der Stunde, wenn du weißt, was das bedeutet.«

»Komisch«, sagt meine Frau, immer wenn du fünfzig fährst, steht die Tachometernadel auf sechzig - und manchmal sogar auf siebzig. Die ist vielleicht kaputt. Wenn du das nächste Mal zur Inspektion fährst, dann solltest du das beanstanden.«

»Wenn«, sage ich, »die Tachometernadel sechzig anzeigt, dann fährt der Wagen in Wirklichkeit fünfzig.«

»Das ist eigentlich ja auch ganz logisch«, sagt meine Frau. Und ich merke gar nicht, daß sie dabei ein bißchen ironisch lächelt, und ich sage: »Ja, und wenn die Tachometernadel siebzig zeigt, dann fährt der Wagen...«

»Unter sechzig«, sagt meine Frau.

»Woher weißt du das?« frage ich sie. Und sie antwortet, daß eine solche Differenz zwischen der Tachometernadel und der Fahrleistung schließlich auch der Logik entspreche.

Ich stimme dem zu und mache meiner Frau klar, daß ein Wagen, der siebzig fährt und in eine Geschwindigkeitskontrolle gerät, noch als innerhalb der Toleranzgrenze fahrend bewertet wird. »Verstehst du das?« frage ich sie. Und sie sagt: »Ja, aber was ist, wenn man achtzig fährt? Fährt man dann in Wirklichkeit auch sechzig?«

Und da merke ich auch, daß ich versehentlich achtzig fahre. »Das hängt mit den Straßen zusammen«, sage ich. »Bei großzügiger Bauweise verliert man das Gefühl für die Geschwindigkeit.«

»Ach so«, sagt meine Frau, und sie fügt hinzu: »Kannst du mir das mal erklären?«

Ich sage: »Das ist doch ganz klar. Eine enge Bebauung mit schmalen Häusern vermittelt dir den Eindruck, als führest du sehr schnell durch die Straße. Wenn dort aber großzügig angelegte Wohnblocks stehen, die nicht so schnell an deinem Auge vorübergleiten, nicht wahr, dann kann es passieren, daß du denkst, der Wagen führe viel zu langsam. Und ehe du dich versiehst, fährst du achtzig.«

Und, sehen Sie, genau in dem Augenblick werden wir von einer Polizeistreife angehalten, und ein freundlicher Beamter teilt mir mit, daß ich neunzig gefahren sei, wo man eigentlich - wie ich doch wissen müßte - nur fünfzig fahren dürfe. »Was haben Sie sich denn dabei gedacht?« fragt der Beamte.

Doch ehe ich darauf sachkundig antworten kann, sagt meine Frau: »Na, so etwas, Herr Wachtmeister, gerade haben wir uns darüber unterhalten. Und mein Mann hat mir ausdrücklich versichert, es sei gar nicht seine Schuld, daß er zu schnell fahre. Es sei die Schuld der Architekten, die diese großen Häuserblocks gebaut haben. Mein Mann sagt ...« Auf diese Weise hätte ich mich beinahe auch noch einem Alkoholtest unterziehen müssen.

Maniküre

Dieser Tage fragt mich meine Frau, ob ich bis zehn zählen könne, und ich sage ja, weil das auch der Wahrheit entspricht. Und sie sagt: »Dann tu's doch gefälligst.«

Nun weiß ich nicht, warum ich gerade in diesem Augenblick bis zehn zählen soll. Aber wenn sie meint ... Und ich lege los: »Eins, zwei, drei, vier ...«

»Sag' mal, bist du meschugge?« fragt mich meine Frau. »Wieso fängst du plötzlich an zu zählen?« Ich sage: »Du hast es doch ausdrücklich gewollt.«

»Ja«, sagt sie. »Aber doch nicht jetzt. Was soll denn der Unsinn? Wenn du bis zehn zählen kannst, dann solltest du das tun, nachdem du dir die Fingernägel geschnitten hast.«

»Nachdem ich was?« frage ich ganz verdattert. Und ich überlege, wo es einen Zusammenhang geben könnte zwischen meinen Fingernägeln und meiner Fähigkeit bis zehn zu zählen.

»Siehst du«, sagt meine Frau, »das hängt damit zusammen, daß dir beim Nägelschneiden immer der eine oder andere Nagel abhanden kommt. Und der ist dann für mich da. Und ich meine, es müßte dir doch möglich sein, die Fingernägel nach jeder Maniküre durchzuzählen, ob sie auch alle da sind. Und weil du bis zehn zählen kannst, wird dir auch auffallen, wenn sich nur sieben oder acht abgeschnittene Nägel in deinem Besitz befinden. Und wenn du ein intelligenter Mensch bist, wirst du daraus die Schlußfolgerung ziehen, daß du entweder zwei oder drei Nägel vergessen hast, abzuschneiden, oder du hast sie während der Körperpflege verloren. Und ein ordentlicher Mensch, der so etwas merkt, fängt auf der Stelle an zu suchen.«

»Tu ich ja«, sag' ich, noch ganz unter dem Eindruck der langen Rede. »Aber ich hab' meistens keine Zeit.«

Sehen Sie, und damit bin ich bei einem Problem, mit dem sich die Menschheit noch gar nicht so richtig auseinandergesetzt hat, und über das wir jetzt einmal in aller Ruhe reden sollten.

Wieso, frage ich Sie, fällt einem immer genau in dem Augenblick ein, daß man seine Fingernägel mal wieder schneiden müßte, wenn man sich gerade in höchster Eile befindet?

Nehmen Sie mich. Tagelang lauf' ich mit zu langen Fingernägeln umher. Aber kaum habe ich's mal so richtig eilig, weil ich in zehn Minuten an einer wichtigen Konferenz teilnehmen muß oder um drei Uhr zum Geburtstagskaffee eingeladen bin, da werfe ich zufällig einen Blick auf meine Fingernägel und denke: »Ogottogott, so kannst du doch gar nicht losgehen.« Und dann fang' ich an zu schnibbeln, und in der Hast kann es natürlich passieren, daß ein Nagel unkontrolliert davonfliegt.

Aber das allein ist nicht das Problem.

Was mich stutzig macht, ist die Tatsache, daß ich einen auf diese Weise davongeflogenen Fingernagel auch dann nicht wiederfinden kann, wenn ich mir die Zeit nehme, ihn zu suchen. Er ist spurlos verschwunden.

Und dann geh' ich weg, völlig verzweifelt, wie Sie sich denken können. Und fünf Minuten später betritt meine Frau den Ort meines Wirkens - und wer springt ihr gleichsam ins Auge? Mein Fingernagel.

Es gibt Dinge zwischen Himmel und Erde, die kann man auch im 21. Jahrhundert nicht erklären.

Handgepäck

In jedem Jahr während der Ferienzeit stellt sich die Frage nach dem Handgepäck, und der Unterschied zwischen dem, was eine Fluggesellschaft unter Handgepäck versteht, und den Vorstellungen der Flugpassagiere ist ganz beträchtlich.

Obwohl man sich auf den ersten Blick gar nicht erklären kann, wieso es da erhebliche Differenzen geben soll.

Ein Schrankkoffer, zum Beispiel, ist kein Handgepäck. Sollte man meinen. Handgepäck, das ist vielmehr die Summe der kleinen Gegenstände, die man für 's tägliche Leben braucht. Ausweise, Reiseschecks, Zahnbürste, Seife und 'n Kamm.

Dennoch führt die Frage nach dem Handgepäck immer wieder zu Diskussionen. Nehmen wir mal an, wir wollen morgen oder übermorgen verreisen, nach Gran Canaria oder nach Rio de Janeiro oder wohin man gerade reist, dann wird doch wohl die Frage gestattet sein, ob die große Strandtasche mit Schaufel, Eimer, Gummiente, Badezeug, Bademantel, mit den Handtüchern zum Drauflegen und denen zum Abtrocknen, Handgepäck ist oder nicht.

»Also«, sagt meine Frau. »Die Strandtasche, kannst du doch so in die Hand nehmen. Und was man in die Hand nehmen kann, das ist Handgepäck.«

»Aber nicht«, erwidere ich, »wenn die Strandtasche die Größe eines mittleren Kleiderschrankes hat.«

»Gott«, sagt meine Frau, »Degenau aus Bremerhaven hat neulich ein ganzes Schlauchboot mit ins Flugzeug geschleppt und erklärt, das sei Handgepäck.«

»Du kannst mich nicht mit Degenau aus Bremerhaven vergleichen«, sag' ich. »Er ist doch so einer, der schafft es auch, den Piloten davon zu überzeugen, daß ein Schlauchboot tatsächlich Handgepäck ist und er es im übrigen nur mitgebracht habe für den Fall, daß das Flugzeug auf dem Stillen Ozean wassern müsse. Du kennst doch Degenau«, sag ich, »der redet so lange, bis den Piloten schon alles egal ist, und er sich obendrein noch glücklich preist, daß Degenau nur 'n Schlauchboot mitgebracht hat und nicht 'n ganzen Frachtdampfer. Ich kann das nicht«, sag' ich.

»Gut«, sagt meine Frau, »wenn du nicht willst, dann müssen wir die Strandtasche zu Hause lassen - mit dem ganzen Inhalt.«

»Wieso mit dem ganzen Inhalt?« frage ich. »Wir können doch nicht ohne Badezeug an die See reisen. Das wäre geradezu ... also, ich weiß nicht, was das wäre, aber jedenfalls nicht recht gescheit.«

»Du willst es ja so haben«, sagt meine Frau. Und sie überzeugt mich, daß die Koffer, die wir am Gepäckschalter aufgeben müssen, allesamt voll sind. »Da paßt nichts mehr rein«, sagt sie. Und ich frage sie, ob man denn nicht, statt der riesigen Strandtasche, mehrere kleinere Taschen nehmen könnte. Ich denke dabei so an zwei, höchstens drei Taschen, die man bequem unter den Sitz schieben kann.

Aber meine Frau muß das irgendwie falsch verstanden haben, denn mit einem Male stehen da acht Plastiktüten, alle vollgepfropft mit Klamotten.

Ich denk' noch zuerst, wenn jeder in jede Hand zwei nimmt, dann geht das vielleicht ganz gut. Aber so hat sich meine Frau das gar nicht gedacht. Die acht Plastiktüten sind für mich ganz allein, weil sie auch noch Handgepäck hat. »Oder erwartest du von mir«, sagt sie, »daß ich meine Gesichtsmilch zu Hause lasse.« Sie sagt: »Du wirst die acht Plastiktüten schon tragen können, vier Tüten in der rechten und vier in der linken Hand.«

Und so steige ich also ins Flugzeug und verstau' die acht Tüten an meinem Platz, und dann sitz' ich da mit angezogenen Beinen und eingekeilt zwischen den Tüten und Taschen. Und die Stewardess guckt sieh das ganz fasziniert an und meint: »Anzuschnallen brauchen Sie sich nicht. Sie sitzen fest genug.«

Der Hut

Ich wollte mir einen Hut kaufen und ging zu einem Hutverkäufer.

Er musterte mich und sagte: »Ich hätte da einen sehr interessanten Hut aus England. Nicht billig, aber klassisch.«

Ich probierte den Hut auf und guckte beiläufig in den Spiegel.

»Wirklich interessant«, gab ich zu.

»Er sitzt schief«, bemerkte meine Frau.

Ich setzte den Hut gerade auf, und meine Frau sagte: »Er sitzt immer noch schief. Merkwürdig«, fügte sie hinzu, »alle Männer neigen dazu, ihre Mützen und Hüte schief aufzusetzen.«

»Ich setze meine Mütze oder meinen Hut nie schief auf«, verteidigte ich mich.

»Das empfindest du schon gar nicht mehr«, stichelte meine Frau. »Du setzt deinen Hut auf, guckst nicht in den Spiegel und - schon sitzt er schief. Wahrscheinlich liegt das an deinem Kopf.«

»Was hat mein Kopf mit meinen Mützen oder Hüten zu tun?« fragte ich. »Nichts weiter, als daß ich ihn damit bedecke.«

»Schief bedecke ...«, sagte meine Frau. »Ich glaube, du fühlst dich wie Hans Albers.«

»Warum soll ich mich wie Hans Albers fühlen? Ich kann ja nicht einmal singen.«

»Das konnte Hans Albers auch nicht«, sagte meine Frau. »Trotzdem setzte er seine Mütze schief auf.«

»Wenn ich meinen Hut oder meine Mütze aufsetze, dann habe ich immer das Gefühl, Hut oder Mütze säßen kerzengerade auf meinem Kopf.«

»Dann sitzt bei dir ein Ohr höher als das andere. Du hast schiefe Ohren. Komisch«, sagte meine Frau, »ich habe immer gewußt, daß mich irgendetwas an dir stört. Jetzt weiß ich es. Das sind deine Ohren. Du solltest damit mal zum Arzt gehen, und frag' ihn gleich, ob die Krankenkasse die Kosten übernimmt.«

»Wofür soll die Krankenkasse die Kosten übernehmen?« fragte ich.

»Für eine Ausrichtung deiner Ohren.«

»Warum soll ich die ausrichten lassen. Jahrzehntelang bin ich mit, wie du sagst, schiefen Ohren umhergelaufen, und nie hat's mich gestört.«

»Aber mich haben die schiefen Ohren gestört, wegen der schiefen Hüte oder Mützen«, sagte meine Frau. »Doch darauf wird natürlich keine Rücksicht genommen.«

Der Verkäufer hüstelte verlegen und mischte sich in das Gespräch ein. Er fragte: »Nehmen sie nun den englischen Hut oder nicht?«

»Ich nehme ihn nicht«, sagte ich. »Mein Englisch ist nicht besonders gut!«

Einladung

Es ist ja so, daß ein menschliches Gehirn nicht immer gleichmäßig in der Lage ist, bestimmte Situationen richtig zu erfassen.

Stellen Sie sich vor, wir treffen unlängst Schneiders – ganz zufällig während eines Stadtbummels, den wir uns schon lange vorgenommen und auf den wir uns gefreut hatten.

Schneiders waren reinweg aus'm Tüt, als sie uns erblickten. Frau Schneider sagte, wir müßten gleich übermorgen unbedingt zu ihnen kommen. Sie hätten eine kleine Party zu Hause, ganz zwanglos. Eigentlich wollte sie das ja gar nicht erzählen, aber Willi habe Geburtstag. Und weil wir einander so lange nicht gesehen hätten, sei das doch ein guter Anlaß, die alte Freundschaft aufzufrischen.

Und ich Esel behauptete auch noch, daß ich die Idee großartig fände, blätterte obendrein in meinem Terminkalender und sagte: »Da hab' ich den ganzen Tag Luft. Wann sollen wir bei Ihnen sein?«

Frau Schneider sagte: »Gegen acht.«

Und meine Frau stand ganz verdattert dabei, kriegte kein Wort raus. Aber sie guckte sehr irritiert.

Hinterher allerdings meinte sie: »Sag mal, irgendetwas stimmt bei dir doch wohl nicht. Willst du mir mal erzählen, was wir bei Schneiders sollen?«

Das wußte ich allerdings auch nicht so genau. Ich stammelte: »Geburtstag feiern. Du hast doch gehört – Willi hat Geburtstag.«

»Ja - und?« fragte meine Frau. »Willi hat in den vergangenen zwanzig Jahren zwanzig Mal Geburtstag gehabt, ohne daß wir dieses zur Kenntnis genommen haben.«

In der Tat, wir hatten nicht nur Willis Geburtstage seit gut zwanzig Jahren regelmäßig übersehen. Wir hatten Sehneiders in der ganzen Zeit nicht ein einziges Mal getroffen. Vermutlich hätten wir irgendwann auch ganz vergessen, daß es Schneiders gibt, wenn wir ihnen nicht bei unserem Stadtbummel in die Arme gelaufen wären.

Damals, ja, vor mehr als zwanzig Jahren, da wohnten wir Tür an Tür, und so oft wir einander begegneten, was beinahe täglich geschah, hatten wir uns das eine oder andere zu erzählen, zum Beispiel, wie blöd' der Hausmeister sei, daß die hauseigene Waschmaschine mal wieder nicht funktioniere. Und: »Ob Sie wohl während unseres Urlaubs unsere Blumen begießen könnten?«

Es war, wie Sie sehen, ein gutnachbarschaftliches Verhältnis, und einmal hab' ich gemeinsam mit Herrn Schneider eine Flasche Whisky derart leer getrunken, daß ich hinterher aus mir heute unbegreiflichen Gründen versuchte, Herrn Schneider unseren Elektroherd zu verkaufen, den er aber nicht wollte, weil seine Frau, wie er sagte, einen Quirl habe, um Eierschnee herzustellen. Was solle sie dann noch mit einem Elektroherd. Und das erschien mir irgendwie ganz logisch.

Ich erzählte nun meiner Frau von diesem damals geführten Gespräch, und meine Frau meinte, ich könnte unmöglich jetzt, nach zwanzig Jahren, darauf zurückkommen. »Was soll das?« fragte sie. Und sie fügte hinzu, daß ich mir schon ein anderes und vielleicht ähnlich sinnvolles Gespräch ausdenken müßte. »Aber du bist ja nie besonders helle«, sagte sie, »wenn es um so etwas geht.«

Wir sind dann aber, trotz größter Bedenken, doch zu Schneiders gegangen. Und es war, wie wir befürchtet hatten. Es kam kein vernünftiges Gespräch zustande, zumal Schneiders und wir verzweifelt bemüht waren, die Erinnerungen an die gemeinsame Nachbarschaft zu wecken. Herr Schneider erinnerte sich nicht einmal daran, daß ich ihm damals unseren Elektroherd verkaufen wollte. Und die anderen Partyteilnehmer zeigten sich völlig desinteressiert.

Infolgedessen saß gegen halb zwölf ein Herr, der Otto mit Vornamen hieß, schlafend in der Ecke neben dem kleinen Biedermeiertisch, den Schneiders vor zwölf Jahren von ihrer Tante Gerda geerbt hatten.

Und als wir schließlich gingen, hatte Herr Schneider schon seine Schlafanzugjacke an.

Mir aber sträuben sich heute die Haare, wenn ich daran denke, daß wir Schneiders demnächst einladen müssen, weil sich das ja so gehört. Danach werden Schneiders uns wieder einladen. Und wir sie. Und ...

Ich bin ganz sicher, Schneiders wird es am Ende so ergehen wie uns. Sie werden den Tag verfluchen, an dem sie uns in der Stadt getroffen und uns zu sich eingeladen haben, weil Willi Geburtstag hatte.

Und Frau Schneider wird ihren Mann angiften und sagen: »Wieso mußtest du auch ausgerechnet damals Geburtstag haben, als wir diese langweiligen Leute trafen? Ihr Kerle seid wirklich zu nichts zu gebrauchen.«

Verpackungen

Früher war es ganz einfach. Wenn man da Appetit auf Erdnüsse hatte, dann öffnete man die Tüte, in der sie sich befanden, und stopfte sich die Erdnüsse in den Mund, bis die Tüte leer war - eher gab man sowieso keine Ruhe.

Heute ist alles ganz anders, denn die Erdnüsse befinden sich nicht mehr in einer gewöhnlichen Tüte. Sie sind vielmehr fest in Folie eingeschweißt. Und wenn man da heran will, dann muß man sich zunächst mit der Technik des Öffnens vertraut machen, weil die Erfinder von Verpackungsmaterial stets großen Wert auf Sortenvielfalt legen. Jeder Verpackungsmaterial-Erfinder hat den Ehrgeiz, ein eigenes Öffnungssystem zu erfinden.

Ich also, mit meinen zwei verkehrten Händen, beginne, an der Erdnußverpackung herumzureißen, wobei mir das Wasser im Munde zusammenläuft, weil ja die Verpackung durchsichtig ist, und ich die Erdnüsse sehen kann.

Und mit einem Male liegen sie alle in der Küche auf dem Fußboden.

Wissen Sie, wieviel Erdnüsse sich in einer Erdnußverpackung befinden? Ich auch nicht. Es sind jedenfalls sehr wenige, wenn man erst einmal eine Erdnuß in den Mund gesteckt hat und dann nicht wieder aufhören kann zu essen, bis sie alle weg sind. Wenn sie aber auf dem Fußboden liegen, sind es Abertausende. Und meine Frau sagt: »Nun sieh man zu, wie du die Schweinerei wieder wegkriegst.«

Im Grunde ist das kein Problem. Ich könnte die Erdnußkerne auffegen. Dann wären sie weg, und das ginge auch verhältnismäßig schnell. Aber mögen Sie Erdnüsse essen, die mit einem Besen zusammengefegt worden sind? Wer weiß denn, was mit dem Besen schon alles gefegt worden ist?

Ich muß die Erdnußkerne also einzeln vom Fußboden pflücken, was sehr zeitraubend ist. Und die eine oder andere Erdnuß vergeß' ich dann doch, und sie bleibt liegen, damit ich eine halbe Stunde später darauftreten kann, versehentlich natürlich. Und weil ich meine Straßenschuhe noch anhabe, die über ein aufnahmefähiges Profil verfügen, verteile ich die Erdnußkrumen in der ganzen Wohnung. Und meine Frau kann sich den Dreck zuerst gar nicht erklären. Sie sagt: »Irgendjemand muß etwas unter den Schuhen gehabt und von draußen mit reingetragen haben - komisch, was das wohl ist?« Natürlich fällt dabei sogleich der Verdacht auf mich. Aber da befindet sich die Wohnung bereits in einem Zustand, der die Notwendigkeit einer Generalüberholung zumindest in den Bereich des Bedenkenswerten rückt.

Nun sind aber nicht nur Erdnüsse so stabil verpackt. Neulich habe ich mal einen Marmorkuchen geschenkt bekommen, der war so kompliziert mit Folie umgeben, daß ich ihn - als es mir endlich gelungen war, ihn daraus zu lösen - nur noch als einen unansehnlichen Haufen Krümel auf dem Teppich liegen hatte.

Unlängst hat meine Frau mir mal gezeigt, wie man Milchtüten öffnet. Und da habe ich das auch begriffen und wollte ihr das vorführen. Aber irgendetwas muß ich dabei verkehrt gemacht haben, denn wir waren beide hinterher mit Milch bekleckert.

Ich will Ihnen jetzt nicht erzählen, was meine Frau mir daraufhin alles gesagt hat. Eigentlich nicht viel, weil... was sollte sie sagen? Sie war natürlich fast sprachlos.

Aber im Hinblick auf innerlich weniger gefestigte Eheleute muß ich doch mal die Frage stellen, ob man bei der Suche nach den Ursachen der hohen Scheidungsraten schon einmal an Erdnuß- und andere Verpackungen gedacht hat...

Handkuß

Ich will ja nicht in Abrede stellen, daß in mir – wenn auch tief verborgen – der innige Wunsch schlummert, ein feiner Mann zu werden. Aber die Hürden auf dem Wege dorthin sind nahezu unüberwindlich, und nun lese ich zu allem Überfluß, daß der Mann von Welt wieder vermehrt dazu übergehe, Damen mit Handkuß zu begrüßen.

Diese Nachricht wirft für mich ganz neue Fragen auf, unter anderem die, wie so ein Handkuß überhaupt funktioniert. Denn natürlich hat ein Handkuß seine eigenen Gesetze, und die dürfen Sie sich nun nicht so vorstellen, wie bei mir. Wenn ich einer Dame die Hand küsse, also, ich tu das nicht, aber wenn, dann drücke ich ihr einen richtigen Schmatz auf den Handrücken, so daß sie hinterher diskret nach ihrem Täschchen greift, um ihm ein Tuch zu entnehmen, mit dessen Hilfe sie ihren Handrücken trocken rubbelt.

Der Mann von Welt verhält sich in diesem Falle aber anders. Er beugt sich tief über den Handrücken der Dame, so daß sie sich die kahlen Stellen auf seinem Kopf angucken und beiläufig prüfen kann, ob er Schuppen hat, was bei einem Mann von Welt gar nicht in Frage kommt. Und dann, nachdem er die Hand mit einem sanften Griff an sich gezogen hat, aber nicht zu dicht, haucht er, sozusagen, einen Kuß in den freien Raum zwischen seinen Lippen und dem Handrücken.

Der Vorgang läßt sich eigentlich gar nicht richtig beschreiben, weil ja ein Kuß in seiner ursprünglichen und wohl auch in seiner schönsten Form etwas durchaus Deftiges ist.

Der Handkuß aber ist absolut nicht deftig. Er ist zart, sozusagen ein Luftkuß, und ohne jede Erotik, schon von seiner Herkunft.

Er gehört nämlich, wenn ich das mal eben erzählen darf, von Haus aus zum spanischen Zeremoniell und ist mit ihm im 16. Jahrhundert nach Deutschland gekommen. Er ist, genaugenommen, eine Geste der Unterwerfung, was ja im Zeitalter der Gleichberechtigung ganz neue Fragen aufwirft - unter anderem die, ob möglicherweise auch die Dame von Welt künftig gehalten ist, einem Mann die Hand zu küssen.

Aber darüber sollen sich andere Gedanken machen.

Eines ist jedenfalls gewiß, daß der Handkuß, den der Herr von Welt zu vergeben hat, tatsächlich nur für die Dame von Welt gedacht ist, die mit einem Handkuß auch umzugehen weiß. Was zum Beispiel meine Frau ist, der hat vor Jahren mal ein Herr die Hand küssen wollen, aber sie hat dieses völlig mißverstanden und ihre Hand mit allen Zeichen des Entsetzens zurückgezogen.

Hinterher sagte sie zu mir: »Ich dachte, der wollte mich beißen.«

Kosmetik

Es ist jetzt immer soviel die Rede davon, daß sich auch Männer von Zeit zu Zeit in einen Kosmetiksalon begeben und sich schön machen sollten.

Ich versteh' das nicht so ganz, weil ich Schönheit erstens sowieso für eine Ansichtssache halte und, bei der Betrachtung meiner eigenen Unzulänglichkeiten, zweitens der Meinung zuneige, daß ein Mann ohnehin nicht schön zu sein braucht - schon gar nicht, wenn die Jugendzeit nur noch in seiner Erinnerung vorkommt.

Um ganz ehrlich zu sein, ich finde mich für den Hausgebrauch schön genug. Und mehr soll es ja auch gar nicht sein. Aber meine Frau ist da sonderbarerweise ganz anderer Ansicht.

»Deine Haut ist so trocken«, sagt sie. »Das ist nicht gut. Außerdem schuppst du wie verrückt.«

»Wieso schuppe ich?« frage ich sie. »Bin ich vielleicht ein Fisch?«

Ich meine, diese Frage ist doch nicht ganz unberechtigt. Aber meine Frau geht gar nicht darauf ein. »Eines Tages«, sagt sie, »wirst du mir morgens beim Frühstück mit einem gerunzelten Antlitz gegenübersitzen ...«, sie sagt tatsächlich Antlitz, »... und da hätte ich dann gleich einen Achtzigjährigen heiraten können.«

Einer solchen Logik ist sehr schwer etwas entgegenzuhalten, zumal andere Männer, nach dem Kenntnisstand meiner Frau, längst dazu übergegangen sind, mindestens einmal die Woche bei einer Kosmetikerin zu sitzen und sich die Haut pflegen zu lassen. »Warum tust du das nicht?« fragt sie. Und sie sagt: »Es wird dir eines Tages leid tun, wenn alle Männer um dich herum gepflegt aussehen, und du als einziger bist ungepflegt.«

Nun, wie ich mich kenne, wird mir das gar nicht auffallen. Dennoch sage ich, auch aus einem gewissen Ruhebedürfnis heraus: »Du kannst mir ja mal so'n Mittel mitbringen. Ich probier' das aus. Und in einen Kosmetiksalon kann ich dann immer noch gehen.«

Aber das hätte ich lieber nicht sagen sollen, denn nun werden täglich irgendwelche Proben ins Haus geschleppt und vor mir aufgebaut. Und meistens handelt es sich um dickflüssige Massen, die man sich auf die Haut schmieren muß.

Und meine Frau guckt mir dabei zu und sagt: »Du mußt die Creme ganz leicht in die Haut hineinreiben, nicht so drücken, und dann darfst du dir die Haare damit nicht eincremen.« Und sie sagt, sie verstehe gar nicht, wo die vielen Fettfinger an den Türen herkommen und an den Tapeten im Umkreis der Lichtschalter.

Sie sehen daran, wie gefährlich es ist, mit so etwas anzufangen. Diese verdammte Hautpflege beschert mir nur zusätzliche Probleme, und am Ende werde ich davon dicke Sorgenfalten bekommen.

Egon

Am vierten Tag fing Egon an zu stinken und meine Frau sagte: »Was machen wir bloß mit Egon? Ich meine«, sagte sie, »wir können uns ja notfalls die Nase zuhalten, wenn wir an Egon vorübergehen. Aber was ist mit Egon? Der muß mit dem Gestank leben. Und am Ende geht er davon tot.«

Egon, müssen Sie wissen, ist eine Wasserschildkröte. Das heißt, eigentlich hatte sie gar keinen Namen, als sie zu uns kam, und wir waren auch nicht sicher, ob es sich um eine Wasserschildkrötendame oder um einen Wasserschildkrötenherrn handelte. Aber meine Frau meinte, einen Hausgenossen ohne Namen finde sie unmöglich – jedenfalls für die Dauer seines Aufenthaltes bei uns solle Egon Egon heißen. Sie haben es schon herausgelesen, nicht wahr? Egon war bei uns nur zu Gast.

Egon war uns sozusagen in Pension gegeben worden. Seine Besitzer wollten mal von ihm ausspannen und hatten sich auf Reisen begeben, und sein Frauchen hatte gesagt: »Sie brauchen sich um die Wasserschildkröte gar nicht zu kümmern. Die braucht auch keine Unterhaltung. Die braucht nur dreimal täglich Futter. Das ist alles.« Und auch das Wasser im Aquarium bedürfe während der Dauer des Aufenthaltes bei uns keiner Erneuerung.

Es stellte sich dann sehr bald heraus, daß Egon ein ziemlich langweiliger Gast war. »Ich habe«, sagte ich zu meiner Frau, »noch nie so etwas Langweiliges gesehen wie Egon. Der ist vermutlich doof.«

Und um das zu beweisen, rief ich »Egon!« ins Aquarium hinein. Aber Egon reagierte nicht. Und meine Frau sagte, das wundere sie gar nicht, denn erstens wisse Egon ja noch gar nicht, daß er Egon heiße, »und zweitens«, sagte sie: »Wer hört schon auf dich?«

Am zweiten Tag steckte Egon seinen Kopf aus dem Wasser und blinzelte mir zu, erst mit dem rechten, dann mit dem linken Auge. Ich dachte zunächst: Das kann doch gar nicht angehen. Wieso blinzelt der mir zu? Ich sah mich um. Vielleicht hatte er einer hinter mir stehenden Person zugeblinzelt. Am Ende gar meiner Frau. Aber ich stand allein an dem Aquarium, und Egon ruderte ein bißchen im Wasser spazieren und ließ sich sein Menü reichen, das aus winzigen Pommes frites bestand. Es kann sich auch um Würmer oder so gehandelt haben. Jedenfalls knackte Egon die Pommes weg, und danach blinzelte er wieder. Erst mit dem rechten, dann mit dem linken Auge.

»Wie geht es Egon?« fragte meine Frau, die sich an der Fütterung nicht beteiligt hatte.

»Er blinzelt«, sagte ich. »Er blinzelt mir zu, erst mit dem rechten, dann mit dem linken Auge. Er scheint doch nicht so doof zu sein, wie wir zunächst angenommen haben.«

»Ist dir nicht gut?« fragte meine Frau. Sie warf einen raschen Blick in das Aquarium und sagte: »Wasserschildkröten blinzeln nicht. Jedenfalls blinzeln sie nicht irgendeinem Menschen zu.«

Egon blinzelte tatsächlich nicht, wenn meine Frau in der Nähe war, was mich vorübergehend zu der Vermutung anregte, Egon könne am Ende eine Wasserschildkrötendame sein.

Am dritten Tag überlegte ich, ob man Egon Kunststücke beibringen könnte, vielleicht mit dem Panzer zu wackeln. Aber Egon ließ in dieser Hinsicht nicht mit sich reden, trotz des Blinzelns. Und am vierten Tag fing er an zu stinken, und meine Frau sagte: »Wir müssen das Aquarium sauber machen. Bloß - wie?«

»Vor allem«, sagte ich, »wie kriegen wir Egon da raus?« Wir waren uns natürlich beide über das Risiko im klaren, das darin liegt, eine Wasserschildkröte anzufassen. Und meine Frau sagte, es sei doch klar, daß man eine Schildkröte mit einer Suppenkelle befördern müsse, wie man das ja auch mit der Schildkrötensuppe mache. Und sie nahm die Suppenkelle, holte Egon aus seinem Aquarium heraus, füllte ihn in ein Weckglas und säuberte das Aquarium.

Hinterher füllte sie Egon wieder zurück, und Sie können sich denken, wie dankbar Egon war, wie glücklich, daß er die Reise in der Suppenkelle heil überstanden hatte, denn man muß sich das doch mal vorstellen, was in so einem Schildkrötenkerl vor sich geht, wenn er plötzlich in einer Suppenkelle liegt. Egon fing an, in seinem Aquarium ausgelassen auf und ab zu schwimmen.

Nach zwei Tagen wurde Egon wieder abgeholt. »War er auch artig?« fragte das Frauchen, und ich sagte, Egon sei ein sehr lieber Hausgenosse gewesen. »Egon?« fragte das Frauchen. »Wer ist Egon?«

»Wir nannten ihn Egon«, sagte ich, und sie nahm das Aquarium und verließ uns ein bißchen abrupt.

»Was hat sie denn?« fragte ich meine Frau, und meine Frau sagte: »Siehst du, das kommt, weil du dir nie Namen merken kannst. Egon heißt doch ihr Mann.«

Unmögliche Gäste

»Eigentlich müßten wir Kellermanns mal einladen«, sagt meine Frau, und indem sie sich dabei des Wortes »eigentlich« bedient, steht schon unumstößlich fest, daß wir Kellermanns nie im Leben einladen werden, obwohl es im Grunde sehr nette Leute sind.

Kellermanns gehören zum Beispiel nicht zu jenen kritischen Feinschmeckern, die unsere Zeit hervorgebracht hat, und die mit missionarischem Eifer an jedem Gericht herummäkeln.

So sind Kellermanns nicht.

Kellermanns gehören auch nicht zu jenen Gästen, die, wenn sie erst einmal sitzen, nie wieder aufstehen, so daß den Gastgebern nachts um halb fünf die Augen zufallen, während die Gäste die Flasche mit Cognac gegen das Licht halten, um zu prüfen, ob noch genug drin ist.

Nein, auch damit hätten wir bei Kellermanns keine Last. Aber Kellermanns sind so schrecklich ordentlich, so daß wir uns gar nicht trauen, sie in unsere Wohnung hineinzulassen.

Sie müßten mal sehen, wie blitzblank es bei Kellermanns zu Hause ist. Da steh'n die Vasen auf der Fensterbank wie die Zinnsoldaten. Und die Fensterscheiben sind so blank, daß ich einmal, als wir bei Kellermanns waren, aus dem offenen Fenster in den Garten gucken wollte, wo sich sogar die Radieschen einer militärischen Ordnung zu unterwerfen haben, und da war das Fenster gar nicht offen, und ich bin derart gegen die Scheibe geknallt, daß ich ein paar

Minuten ganz benommen war und mich aufs Sofa legen mußte - natürlich nicht in Schuhen. Aber die hatten wir schon vorher an der Haustür ausziehen müssen, was eine ganz vernünftige Sitte ist, nur - ich war nicht darauf vorbereitet.

Bei Kellermanns ist es so sauber, daß man da, wenn man wollte, sagt meine Frau, vom Fußboden essen könnte, was aber bei Kellermanns gar nicht in Frage kommt.

Und nun stellen Sie sich vor: Kellermanns bei uns, wo der Fußboden nicht leugnen kann, daß einer im Hause ist, der mit seinen Schuhen immer den ganzen Dreck von der Straße hineinträgt.

Bei uns kann man ein offenes Fenster ohne weiteres von einem geschlossenen unterscheiden.

Und angenommen, Herr Kellermann fährt einmal rein zufällig mit dem Zeigefinger seiner rechten Hand über eine unserer Gardinenstangen, was dann? Dann kennt er seinen Zeigefinger gar nicht wieder und fällt vielleicht vor Sehreck in Ohnmacht.

Und sehen Sie, das wollen wir Kellermanns ersparen. Und darum laden wir sie nicht ein.

Oberhemden bügeln

Wenn es in früheren Zeiten auf einer fröhlichen Gesellschaft zu fortgeschrittener Stunde an die Adresse der Herren hieß: »Jacken ausziehen!« dann war ich der erste, der im Hemd stand.

Doch vor einiger Zeit setzte sich meine liebe Frau auf die Hinterbeine und erklärte mir: »Mein Lieber, wir leben im 21. Jahrhundert, die Gleichberechtigung zwischen Mann und Frau hat auch uns erreicht, und in Zukunft bügelst du deine Oberhemden selbst.«

Ich habe nichts gegen das 21. Jahrhundert und auch nichts gegen die Gleichberechtigung zwischen Mann und Frau. Aber was hat das mit meinen Oberhemden zu tun?

Vorsichtshalber frage ich aber nicht danach. Wissen Sie, meine Frau wird dann immer sehr grundsätzlich.

Ich baue wortlos das Bügelbrett auf, schließe das Bügeleisen an, und beginne ein Oberhemd zu bügeln.

»So geht das nicht«, sagt meine Frau: »Du mußt das Oberhemd einsprengen.«

»Einsprengen?« frage ich.

»Ja, mit Wasser!«

»Aber es ist doch schon gewaschen«, gebe ich zu bedenken.

»Es ist besser, wenn man ein Oberhemd etwas anfeuchtet, ehe man es bügelt. Sonst bekommt man die Falten nicht raus.«

»In Ordnung«, sage ich, sprenge das Oberhemd ein, warte eine Weile, und will anfangen zu bügeln. Aber ich habe doch noch eine Frage: »Bügelt man zuerst den Kragen? Oder fängt man mit den Ärmeln an?«

»Das ist egal«, sagt meine Frau. »Hauptsache, man fängt überhaupt an.«

Ich beginne mit der Rückenpartie des Hemdes. Die ist am einfachsten zu bügeln.

Ich bügele die Rückenpartie glatt, mache eine ungeschickte Bewegung, und schon bilden sich neue Falten, die ich aber ignoriere.

Die gucke ich einfach gar nicht an, denke ich. Die sind ja hinten.

Die Falten aber, die ich vorne ins Hemd bügele, befinden sich wunderbarerweise unterhalb der Gürtellinie. Na siehste, denke ich, bügeln ist ganz einfach.

Aber die Ärmel... Meine Oberhemdenärmel verfügen über natürliche Falten. Doch diese Falten bügele ich platt. Dafür entstehen gleich daneben künstliche Falten, die sich quer über den Ärmel erstrekken.

Am Ende habe ich ein Oberhemd mit zwei unterschiedlich gefalteten Ärmeln, und meine Frau meint: »Wenn du dieses Oberhemd tatsächlich anziehst, darfst du unter keinen Umständen dein Sakko ausziehen.«

Auf diese Weise bin ich seit neuestem selbst an glühendheißen Tagen stets korrekt angezogen.

Geflügelte Worte

Gegen die Benutzung eines geflügelten Wortes von Zeit zu Zeit und bei passender Gelegenheit ist im Grunde gar nichts einzuwenden, zumal geflügelte Worte eine bestimmte Situation sehr treffend charakterisieren können und - soweit sie aus dem deutschen Bildungsschatz stammen - auf eine gewisse Gelehrsamkeit ihres Benutzers schließen lassen.

Es gibt allerdings geflügelte Worte, die eigentlich gar keine sind, die auch nicht auf einen besonderen Bildungsstand schließen lassen, die aber stattdessen zu einer Plage werden können.

Nehmen Sie die Sache mit dem Opa von Meyers aus Lüneburg. Meyers wohnten früher in Bremen und der Opa auch. Und immer, wenn Meyers zusammen mit ihrem Opa im Auto auf der Autobahn von Bremen nach Hamburg fuhren, was häufiger geschah, tauchten - wie das heute auch noch ist - an einer ganz bestimmten Stelle und nachdem es auf der Autobahn ein bißchen bergauf gegangen ist - in der Ferne unvermittelt die Harburger Berge auf.

Sie müssen sich darunter kein gewaltiges Bergmassiv vorstellen. Es handelt sich eher um eine Hügelkette, die bewaldet ist und infolgedessen aus der Ferne einen etwas düsteren Eindruck vermittelt.

Und jedesmal, wenn diese Hügelkette am Horizont sichtbar wurde, sagte Opa Meyer: »Guck, die Schwarzen Berge!«

Soweit wäre das ja nicht weiter schlimm gewesen und - nachsichtsvoll belächelt - in der Familie geblieben, wenn meine Frau und ich nicht vor etwa dreißig Jahren mit Meyers, aber ohne Opa, der damals schon lange tot war – im Auto von Bremen nach Hamburg gefahren wären.

Just an der Stelle nämlich, wo Meyers Opa immer seinen Ausspruch zu tun pflegte: »Guck, die Schwarzen Berge!« öffnete Herr Meyer seinen Mund und sagte: »Hier hat unser Opa immer gesagt: ›Guck, die Schwarzen Berge‹!«

Daraufhin berichtete uns Frau Meyer, daß sie diesen Satz nun bald nicht mehr hören könne, denn sooft sie an diese Stelle kämen, pflegte ihr Mann die Erinnerung an Opa zu wecken – und das ausgerechnet mit diesem blödsinnigen Satz, was, nebenbei gesagt, der Opa nicht verdient habe.

Und nun stellen Sie sich vor: Sooft ich mit meiner Frau im Auto von Bremen nach Hamburg fahre, und wir erreichen die Anhöhe, die den Blick auf die Harburger Berge freigibt, sage ich zu meiner Frau: »Hier hat Meyers Opa immer gesagt: ›Guck, die Schwarzen Berge‹!«

Bildung

Nehmen Sie den Fall, Sie sind mit dem Mittagessen fertig, und nun steht - weil Sie ein altmodischer Haushalt ohne Geschirrspülmaschine sind - der Abwasch bevor, da kann es doch passieren, daß Ihnen ganz plötzlich der Gedanke durch den Kopf schießt: du müßtest eigentlich mal nachgucken, wann Leonardo da Vinci geboren worden ist.

Es gibt natürlich gar keinen aktuellen Anlaß, um diese Bildungslücke ausgerechnet während der Mittagszeit zu schließen. Aber man soll solche Eingebungen auch nicht unterbewerten. Ich erhebe mich also von meinem Stuhl, und meine Frau fragt: »Wo willst du hin?« Und ich antworte etwas vage: »Ach, nur so...«

Wissen Sie, meine Frau würde das überhaupt nicht verstehen, wenn ich ihr ehrlich sagte, daß ich nachgucken will, wann Leonardo da Vinci geboren worden ist. Das interessiert sie nämlich in diesem Augenblick gar nicht, und infolgedessen meint sie, andere brauchten das auch nicht zu wissen, schon gar nicht kurz nach dem Mittagessen, wenn das schmutzige Geschirr noch auf dem Tisch steht.

Ich erhebe mich also, verlasse die Küche - wir essen immer in der Küche, weil es dort so gemütlich ist - und begebe mich ganz unauffällig in die Bücherecke, ziehe das Lexikon raus und gucke nach, wann Leonardo da Vinci geboren worden ist. Am 15. April 1452.

Hätten Sie das wohl gewußt?

Sehen Sie, wie gut, daß Sie bis hierher beim Lesen durchgehalten haben. Auf diese Weise haben Sie auch noch etwas Nützliches hinzugelernt.

Aber nachdem ich nun meinen Bildungshunger gestillt habe, könnte ich ja in die Küche zurückkehren, um mich am Geschirrspülen zu beteiligen. Und ich will das eigentlich auch. Aber wie es manchmal so kommt, ich lese mich in dem Lexikon fest und erfahre allerdings dadurch, daß ein gewisser Teofil Aleksander Lenartowisz von 1822 bis 1893 gelebt hat und ein polnischer Lyriker gewesen ist. Das war der, der die formalen und inhaltlichen Elemente seiner Dichtungen aus der Volkspoesie entlehnt hat.

Ich meine, das ist doch eine Information, von der man nie weiß, wofür man sie noch einmal braucht. Stellen Sie sich vor, Sie sitzen in der Eisenbahn, Ihnen gegenüber hat es sich eine wunderhübsche junge Dame bequem gemacht, und sie ist damit beschäftigt, Kreuzworträtsel zu lösen. Sie selber gucken so vor sich hin, wie man in der Eisenbahn eben guckt. Und mit einem Male hebt die hübsche junge Dame ihre wunderschönen braunen Augen, blickt Sie an und fragt: »Entschuldigen Sie, können Sie mir helfen? Hier steht, elf waagerecht, polnischer Lyriker aus dem 19. Jahrhundert, elf Buchstaben, wissen Sie wohl, wer das war?«

Und, wie aus der Pistole geschossen, antworten Sie: »Das kann sich nur um Lenartowisz handeln. Teofil Aleksander, 1822 bis 1893.«

Was meinen Sie wohl, wie die wunderhübsche junge Dame Sie nach dieser Auskunft angucken wird?

Und was meinen Sie, wie neidisch die anderen Kerle im Abteil gucken werden!

Und während ich mir das alles noch so schön ausmale, steht meine Frau plötzlich vor mir und fragt: »Sag mal, wo steckst du eigentlich? Ich such' dich im ganzen Haus und du sitzt hier und döst. Wollten wir nicht gemeinsam das Geschirr spülen?«

Sehen Sie, auf diese Weise schaff' und schaff' ich es nicht, ein gebildeter Mensch zu werden.

Feuerwehr

Es gehört zu den Bildungsschätzen eines jeden in Mitteleuropa aufgewachsenen Menschen, daß er von dieser oder jener Fremdsprache zumindest ein paar Brocken beherrscht, die er dann zu gegebener Zeit auch sinnvoll anzuwenden versteht.

Nehmen Sie zum Beispiel mich. Ich bin in der Lage, jedes anspruchsvolle Gespräch um den lateinischen Satz »avia ruri habitat« zu bereichern. Diesen Satz habe ich im Jahre 1943 in der Schule gelernt. Er lautet übersetzt: Großmutter wohnt auf dem Lande.

Ich gebe zu, es verlangt heutzutage selten eine mit Niveau geführte Unterhaltung nach einem Hinweis darauf, daß Großmutter auf dem Lande wohnt. Doch wer mit lateinischen Brocken um sich wirft, wird ja selten nach einer Übersetzung gefragt.

Was das Spanische betrifft, so ist mir aus der Zeit, da ich den Versuch unternahm, diese Sprache zu lernen, das Wort »la paja« in der Erinnerung haften geblieben, ohne daß ich dieses Wort während eines Aufenthaltes in Granada vor etwa zwanzig Jahren benötigt hätte. Es ist die spanische Variante für das deutsche Wort Stroh, und Sie werden zugeben, daß man in Spanien nur sehr selten Gelegenheit hat, sich über Stroh zu unterhalten.

Wer weiß aber, was ich mit diesem Wort bei sinnvoller Anwendung alles angerichtet hätte. Ich muß in diesem Zusammenhang immer an Heinz Glandorf denken.

Glandorfs und wir trafen uns an einem wunderschönen Spätsommertag des Jahres 1969 auf einer Parkbank in Genua. Und dort nun glänzte Herr Glandorf mit einem italienischen Satz, dessen Originalfassung mir leider entfallen ist, der aber in der deutschen Übersetzung lautet: Die Feuerwehr ist angekommen.

Es ist ein, wie ich zugebe, völlig idiotischer Satz. Denn wann, um alles in der Welt, kommt ein gelegentlich in Italien weilender Deutscher schon in die Verlegenheit, einem Italiener mitzuteilen, daß die Feuerwehr angekommen sei. Selbst in der eigenen Sprache benutzt man diesen Satz verhältnismäßig selten.

Ja, wenn ich zurückdenke, so kommt es mir vor, als habe ich niemals sagen müssen: »Die Feuerwehr ist angekommen!« Denn entweder war die Feuerwehr schon da, wenn es brannte und ich zufällig in der Nähe weilte. Oder die Feuerwehr kam – für jedermann sicht- und hörbar – gerade an, so daß es sich erübrigte, den Umstehenden diesen Tatbestand auch noch mitzuteilen.

Wenn man also schon in der Heimat keine Gelegenheit hat, den Satz »Die Feuerwehr ist angekommen« zu benutzen, dann wird es jedenfalls in der Fremde noch weniger Gelegenheiten dazu geben.

Herr Glandorf aber hatte diesen Satz aus irgendwelchen schicksalhaften Gründen in seiner italienischen Fassung gelernt und ihn auch behalten. Und nachdem wir auf der Parkbank in Genua unsere Italienisch-Kenntnisse miteinander ausgetauscht hatten, kamen wir zu dem Schluß, daß Herr Glandorf jedenfalls von uns allen am besten Italienisch konnte. Wir wählten ihn zu unserem Sprecher.

Und nun stellen Sie sich vor, was geschah. Mit Hilfe des Hinweises darauf, daß die Feuerwehr angekommen sei, unterstützt von entsprechender Gestik, lernten wir die schönsten Winkel Genuas kennen. Und wir fanden ein Fischrestaurant mit einer dicken Mamma darin, und als Herr Glandorf der Mamma mitteilte, daß die Feuerwehr angekommen sei, brachte sie uns eine Fischsuppe, von der wir heute, nach so vielen Jahren, immer noch träumen.

So wurde denn dieser Tag, dank der Italienisch-Kenntnisse des Herrn Glandorf, zu einem Erlebnis, und wir beschlossen, uns nach den Ferien gemeinsam einen gemütlichen Abend zu machen und die vielen Fotos auszutauschen, die wir an diesem denkwürdigen Tag angefertigt hatten.

Unlängst ergab es sich, daß ich mit Frau Glandorf ins Gespräch kam.

»Was ist mit dem Abend?« fragte sie. Und ich sagte: »Donnerwetter, wir haben die Fotos immer noch nicht zum Entwickeln gebracht. Um ehrlich zu sein: Wir wissen gar nicht mehr, wo die Dinger abgeblieben sind.«

Und nun frage ich Sie: Was sollen auch die Fotos? Wir haben doch die Erinnerung. Denn sooft wir Fischsuppe essen, sagen wir: »Die Feuerwehr ist angekommen.«

Knopf

Manchmal sind es ja die kleinen Dinge, die das Leben so kompliziert machen.

Nehmen wir zum Beispiel die Sache mit dem Knopf.

Also, an meiner Hose fehlt ein Knopf. Der Knopf ist zwar nicht völlig verschwunden. Er liegt im Badezimmer ganz rechts auf der Fensterbank in dem kleinen Korb, in dem auch die Aspirintabletten, die Nagelschere, ein Gummiband, mehrere Heftpflaster und die Salbe gegen Mückenstiche liegen. Aber in dieser Gesellschaft wird der Knopf seiner Funktion natürlich nicht gerecht. Denn es befindet sich kein Knopfloch in dem Korb.

Ich sage infolgedessen zu meiner Frau: »An meiner Hose fehlt ein Knopf.« Und sie könnte nun antworten, rein theoretisch: »Gott, das hab' ich noch gar nicht gemerkt. Weißt du, ich brauch' den Knopf ja nie. Aber leg' mir die Hose mal raus, damit ich den Knopf annähen kann.«

Das könnte sie sagen. Aber sie sagt es nicht. Sie sagt stattdessen: »Komisch, daß du darüber so viele Worte machst. Stefan ...«, sie meint Stefan von nebenan, »... Stefan lernt Knöpfe annähen in der Schule. Warum hast du so etwas nicht gelernt?« Und sie fügt hinzu. »Wir leben nicht mehr am Anfang des 20. Jahrhunderts, sondern im 21. Jahrhundert. Und da ist nun jeder für seine abgerissenen Knöpfe selber zuständig.«

»Gut«, sage ich, »was muß ich tun?«

»Du mußt dir den Knopf an die Hose nähen«, antwortet meine Frau.

Und ich frage: »Wo ist der Nähkasten?«

»Wo soll er sein?« fragt sie zurück. »Wo er hingehört.« Und dann erklärt sie mir den Weg zum Nähkasten und ich geh' da auch hin.

Ich finde den Nähkasten wunderbarerweise fast auf der Stelle, wenn ich mal von einer Rückfrage absehe. Ich weiß aber zunächst nicht, wie der Kasten aufgeht, was eine erneute Rückfrage notwendig macht. Doch dann hab' ich das geschafft und - stehe vor neuen Problemen.

»Muß man zum Knöpfeannähen Nähseide nehmen oder Nähgarn oder Zwirn oder was?« frag' ich. Und meine Frau sagt: »So wie du immer an deinen Knöpfen reißt, solltest du Stahltrossen nehmen oder jedenfalls solides Tauwerk.«

Und während ich danach suche, meint sie gutmütig, ich möge man Zwirn nehmen. Der reiche aus.

»Und welche Farbe?« frage ich.

»Rot«, sagt sie, und ich merk' gar nicht die Ironie, sondern nehme das für bare Münze und sitz' nun da und versuche, den roten Zwirn durchs Nadelöhr zu bringen.

Ich halte die Nadel gegen das Licht, feuchte den Faden mit Spucke an und steck und steck und - steck immer daneben. Und schließlich nehme ich eine ganz große und ganz dicke Nadel, und da klappt es auch. Aber da ist das Nadelöhr zu dick für die Löcher im Knopf. Aber ohne diese Löcher nützt der ganze Faden nichts, und ich rufe meine Frau und frag' sie, was ich nun machen soll.

Sie fädelt mir den Faden ein und gibt ihn mir. Und ich fang' an, meinen Knopf an die Hose zu nähen, was aber insofern etwas problematisch ist, weil man, wenn man von unten sticht, nie sehen kann, wo sich das für den Faden zuständige Loch im Knopf, befindet. Immer sticht man daneben, und meistens sticht man in seinen linken Daumen. Und als ich den Knopf schließlich dran habe, da stell' ich fest, daß das Knopfloch ganz woanders sitzt.

»Irgendetwas stimmt hier nicht«, sag' ich zu meiner Frau. Und sie guckt sich das an und sagt: »Gib bloß her. Ich näh' dir den Knopf schon an.«

Und das - hätte sie ja auch gleich sagen können.

Pullover

Meine Frau mustert mich mißbilligend von oben bis unten und sagt: »Du trägst ja schon wieder den grauen Pullover! Kannst du nicht mal was anderes anziehen?«

»Wieso?« frag' ich. »Was hast du denn plötzlich gegen den grauen Pullover? Du hast doch gerade erst gesagt, er gefalle dir so gut, und es sei schade, daß ich ihn niemals anzöge. Nun zieh' ich ihn an, und da ist es auch wieder nicht richtig.«

»Ich hab' dir zwar gesagt«, erwidert meine Frau, »daß mir der Pullover gefalle. Ich hab' auch gesagt, daß du ihn mal anziehen solltest. Aber das war vor vierzehn Tagen. Und seitdem schleppst du das Ding jeden Tag. Doch nicht genug, daß ich mir andauernd den grauen Pullover angucken muß – die Flekken, die du dir neulich beim Spaghettiessen daraufgekleckert hast, die sind auch immer noch zu sehen. Und dadurch ist der Pullover nicht attraktiver geworden.« Und dann holt sie mal eben ein bißchen Luft, meine Frau, und sagt: »Das mit den Flecken, das kommt daher, weil du immer so hastig ißt und beim Spaghettiessen die Gabel so volldrehst. Ich versteh' gar nicht, wie du das alles im Mund unterbringst. Aber...«, fügt sie hinzu, »bringst du ja gar nicht. Das meiste kleckert daneben.«

»Nun fang' doch nicht schon wieder mit Spaghetti an«, sag' ich. Und sie meint, sie könne ja auch über den Kaffeefleck reden, der seit mindestens einer Woche auf meinem Pullover zu bestaunen sei...

zu bestaunen deswegen, weil sie sich gar nicht erklären könne, wie der da hingekommen sei. »Der Arzt hat dir doch den Kaffee verboten«, sagt sie. »Trinkst du etwa heimlich?«

»Ach, Mensch«, sage ich, »neulich mal, da hatte ich so'n Durst, und da...«

»Das mußt du mir gar nicht erzählen«, sagt meine Frau: »Darüber kannst du dich ja mit dem Doktor unterhalten.«

Und Sie merken schon, nicht wahr, wie das Gespräch immer mehr in immer heiklere Regionen hinübergleitet. Denn ich weiß ja ganz genau, wenn wir erst beim Doktor sind, dann dauert es gar nicht mehr lange, und meine Frau fragt mich, ob ich denn schon mal wieder meinen Blutdruck gemessen habe. Und das wiederum, ganz gleich, was ich darauf antworte, ist der schnurgerade Weg zu einem längeren Vortrag über eine gesunde Lebensweise beziehungsweise über eine ungesunde. Denn wenn meine Frau sich dieses unerschöpflichen Themas annimmt, dann erzählt sie mir erst einmal sehr ausführlich, was alles ungesund ist.

Jeden Tag ein Glas Wein zu trinken, das ist, zum Beispiel, ungesund. Und dann erst Zucker im Tee. Das ist beinahe das Ungesundeste, was es gibt, von Süßigkeiten, wie Schokolade, Gummibärchen und Malzbonbons, ganz zu schweigen. Und ob mir schon aufgefallen sei, sagt sie, daß ich in den vergangenen Wochen wieder einen Bauch bekommen hätte.

Und nun muß ich sehen, wie ich das schaffe, dem Gespräch einen etwas harmloseren Kurs zu geben. Ich steuere also dagegen an. Und als meine

Frau gerade mal wieder ein ganz kleines bißchen Luft holt, frag' ich sie: »Was soll ich denn nun für einen Pullover anziehen?« Und meine Frau sagt: »Zieh doch mal den Blauen an.«

»Den Blauen?« frag' ich, weil ich mich im Moment an einen blauen Pullover überhaupt nicht erinnern kann.

»Na«, sagt sie, »den mit dem Karomuster. Den hast du seit mindestens zwei Jahren nicht mehr getragen, und ich finde, der steht dir doch sehr gut. Oder magst du den nicht leiden? Weißt du, das ist der, den ich dir mal zum Geburtstag geschenkt habe.«

Sehen Sie, und auf diese Weise stehe ich wieder da als einer, der Geburtstagsgeschenke mißachtet. Ich fang' also an, den Pullover mit dem Karomuster zu suchen, und ich find' den auch, nachdem ich meine Frau mehrfach gefragt habe, wo um alles in der Welt er liegen könnte.

Und dann, ja, dann trag' ich den blauen Pullover mit dem Karomuster, den meine Frau so gern leiden mag. Und eben fange ich an, mich darin so richtig wohl zu fühlen, da sagt meine Frau: »Hör mal, du hast ja schon wieder den blauen Pullover mit dem Karomuster an! Seit vierzehn Tagen seh' ich nichts anderes. Kannst du nicht mal einen anderen Pullover anziehen?«

So sind die Frauen – heute hüh! und morgen hott!

Geräusche

»Du bist immer so laut«, sagt meine Frau zu mir, und sie fügt hinzu: »Alle Männer sind immer so laut. Alle Frauen klagen darüber und fühlen sich dem Krach, den ihre Männer produzieren, richtig ausgeliefert.«

»Was hab' ich denn getan?« frag' ich. »Ich hab' doch gar nichts gesagt.«

»Das kennt man ja schon«, sagt meine Frau, »daß du nie weißt, um was es geht. Aber – du polterst immer so die Treppen runter, daß mich unsere Nachbarn schon ganz verstört angucken.«

»Mein Gott«, sag' ich, »die gucken doch sowieso immer verstört – da brauch' ich nicht erst die Treppen runterzupoltern.«

Aber meine Frau sagt, daß sei auch nur ein Beispiel gewesen. Vielmehr störe es sie, daß ich immer so laut niese. »Kannst du nicht mal leise niesen?« fragt sie. Und beiläufig fügt sie hinzu, daß es in den Kulturländern der Erde im Laufe der Jahrtausende auch üblich geworden sei, beim Niesen die Hand vor den Mund zu halten.

»Tu ich ja«, sag' ich. Und meine Frau antwortet: »Wenn du gerade daran denkst. Oder wenn Besuch da ist.«

Und dann wirft sie mir meinen Husten vor, was aber in Wirklichkeit gar kein Husten sei, sondern eher ein Bellen. Und ich wehre mich gegen diesen Vorwurf und sage, daß mein Husten doch höchstens ein leichtes Hüsteln sei. Und ich mach' es ihr vor.

»Na ja«, sagt sie. »Das höre ich dann aber auch den ganzen Tag ohne Unterbrechung. Zwischendurch aber ertönt immer wieder das laute Gebell.« Und von anderen Geräuschen, sagt sie, wolle sie gar nicht erst reden. Zum Beispiel habe mein Unterkiefer die merkwürdige Eigenschaft, beim Kauen zu knacken. »Wieso knackst du eigentlich mit dem Unterkiefer?« fragt sie. »Der hängt vielleicht nicht richtig an deinem Kopf. Du müßtest damit mal zum Arzt gehen. Und dann frag' ihn gleich nach deiner Nase. Du summst immer so mit der Nase, vor allem, wenn du heiße Suppe gegessen hast.«

Ich weiß nicht, ob sich andere Männer auch solche Sachen anhören müssen. Es hat jedenfalls gar keinen Zweck, mit Nachdruck etwa darauf hinzuweisen, daß schließlich auch Frauen ihre natürlichen Geräusche produzieren und, sagen wir mal, sieh laut die Nase schnauben, so daß man im ersten Augenblick glaubt, eine Elefantenherde sei in der Nähe. Oder - ich kenne eine ganz reizende Dame, die kann auch nicht leise niesen. Bei der entlädt sich jeder Nieser mit der ganzen unvorstellbaren Kraft eines Naturereignisses. Und da nützt es auch nichts, wenn die Nachbarschaft die Fenster geschlossen hält - alle fahren unwillkürlich zusammen.

Aber solche Fälle zählen nicht. Das sind Ausnahmen. Die armen Frauen können nichts dafür, daß in ihrem Körper offenbar ein paar männliche Hormone fehlgeleitet worden sind und nun ihr Unwesen treiben. Die Männer aber werden als unverbesserliche Krachmacher gebrandmarkt und alle Frauen - ich zitiere jetzt wieder meine Frau - fühlen sich dem Krach der Männer ausgeliefert.

Und dann verhalte ich mich mal einen ganzen Tag mucksmäuschenstill. Ich niese diskret in mich hinein, huste nicht und hüstele nicht, ich musiziere nicht mit der Nase, hungere, damit mein Unterkiefer nicht knackt, verzichte auf die Benutzung der Treppe - und schon kommt meine Frau angelaufen und fragt: »Sag mal, bist du krank? Man hört dich ja gar nicht!«

Und ich erkläre ihr, warum das so ist. Und sie sagt: »Ich finde dich unmöglich. Kannst du dir nicht vorstellen, daß ich mir Sorgen mache, wenn du so still rumsitzt?«

Und sie sagt, ich sei rücksichtslos ihr gegenüber. Alle Männer seien rücksichtslos ihren Frauen gegenüber.

Aber - das ist schon wieder eine andere Geschichte.

Hosenkauf

Meistens trifft mich das wie ein Blitz aus heiterem Himmel.

Ich sitze, sagen wir mal, auf meinem Stuhl in der Küche, völlig arglos und damit beschäftigt, mir Honig aufs Brötchen zu streichen, da sagt meine Frau: »Eigentlich brauchst du mal wieder eine neue Hose.«

Mir fällt vor Schreck das Messer aus der Hand.

»Ich hab' doch eine«, wehre ich mich. Aber das nützt natürlich gar nichts. Denn wenn meine Frau sagt, daß ich eine neue Hose brauche, dann hat sie das innerlich schon so weit verarbeitet und sich über meine alte Hose dermaßen geärgert, daß jeder Widerspruch sinnlos wäre.

Nun ließe sich das alles halbwegs ertragen, wenn ich allein losgehen dürfte, um mir eine neue Hose zu kaufen. Aber ich darf mir meine Klamotten schon lange nicht mehr selber kaufen, weil in mir eine verhängnisvolle Begabung schlummert, die immer in Geschäften zur Entfaltung kommt, nämlich, ich kaufe das verkehrte.

Hosen, die ich normalerweise nie anziehen würde, befinden sich plötzlich zu Hause beim Auspakken in der Hand meiner Frau, und sie fragt mich: »Was hast du dir denn dabei gedacht?« Oder ich kauf' mir Schuhe, bei denen sich der große Zeh vorn abzeichnet, und dann lauf' ich jahrelang mit kneifenden Schuhen rum, ganz davon abgesehen, daß es etwas kompliziert ist, immer das passende Zeug für grüne Schuhe im Kleiderschrank zu finden.

»Wieso kaufst du dir eigentlich grüne Schuhe?« fragt meine Frau. Und, ehrlich gesagt, das weiß ich auch nicht so genau. Die hatte ich mit einem Male an.

Sehen Sie, darum darf ich nicht mehr allein einkaufen gehen, und so ist mein Schreck auch zu verstehen, als meine Frau sagt: »Du brauchst mal wieder eine neue Hose.«

Denn mit meiner Frau im Laden – da muß ich erstmal zehn Hosen anprobieren, und dann sagt sie: »Zieh doch noch mal die erste an.« Und sie müssen sich das vorstellen, wie ich da in der engen Kabine stehe, Schuhe aus, Hosen aus, Hosen an, immer alle Knöpfe und Reißverschlüsse zu, und das zehn, zwölf Mal hintereinander.

Nachher geh' ich schon auf Strumpfsocken raus. Aber dann sagt die Verkäuferin, sie könne ja gar nicht sehen, ob die Hosen lang genug seien. »Ziehen Sie mal Ihre Schuhe an.«

Und dann ich wieder zurück, und der einzige Luxus, den ich mir leiste, ist der, daß ich die Schuhe nicht jedesmal zuschnüre. Und dann wird die Verkäuferin auch noch handgreiflich und prüft, ob die Hose vorn' am Bauch sitzt. Und wenn sie zu eng ist, sagt meine Frau, wie schade das sei, daß mir Flottes überhaupt nicht mehr passe.

Kaum aber haben wir eine Hose gefunden, dann heißt es: »Dazu brauchst du noch ein Sakko.« Und dann geht die Antüdelei von vorn' los.

Das schlimmste aber, was mir passiert ist, das war, als ich neulich in einem Laden stand, ich war eigentlich nur mitgekommen, und plötzlich fiel meiner Frau ein, daß ich dringend eine Badehose haben müsse, und ich Esel sagte auch noch: »Ja.«

Die Verkäuferin meinte, ich sollte doch mal ein paar Badehosen anprobieren. »Wieso anprobieren?« fragte ich. »Die nehm' ich so mit.«

»Das geht nicht«, sagte die Verkäuferin. »Badehosen tauschen wir nicht um.«

Ich also mit einem halben Dutzend Badehosen in die Kabine, hab' mich da völlig ausgezogen, rein in eine Badehose, und so bin ich rausgegangen und hab' gefragt, ob die passe.

Haben Sie schon mal halbnackt, nur mit einer grün-rot-blauen Badehose bekleidet, sonnabendvormittags in einem vollen Laden gestanden, in dem alle anderen Leute angezogen waren?

Und dann sagte die Verkäuferin auch noch: »Ach, wissen Sie, vorzuführen brauchten Sie uns die eigentlich nicht.«

Bekannte

Es ist für einen durchschnittlich begabten Mann mitunter sehr schwer, sich so zu verhalten, daß er sich in vollem Einklang befindet mit den Vorstellungen seiner Frau.

Frauen wissen immer ganz genau, was ihre Männer zu tun und zu lassen haben. Leider sagen sie das aber meistens erst hinterher, wenn es zu spät ist, dann aber sehr drastisch. Und die Männer stehen ganz verdattert da, weil sie statt des Tadels eigentlich ein Lob erwartet hatten.

Nehmen wir zum Beispiel die Sache mit... also, es handelt sich um gemeinsame Bekannte von meiner Frau und von mir. Wir treffen sie zufällig bei einem Spaziergang. Und natürlich habe ich ihren Namen vergessen. Ich weiß auch nicht so genau, woher ich die Gesichter kenne. Aber weil meine Frau stehenbleibt und sofort eine angeregte Unterhaltung mit den beiden beginnt, sogar in dem vertraulichen Du, bleibe ich selbstverständlich auch stehen, denn ich vermute, daß es sich um alte Freunde handelt – möglicherweise haben wir mal einen Skiurlaub mit ihnen verlebt. Alte Skifreunde erkenne ich auf der Straße selten wieder, schon gar nicht im Sommer, weil man sie meistens nur im Skianzug erlebt hat, mit einer Mütze auf dem Kopf und einer Sonnenbrille auf der Nase. Ich bleibe also auch stehen und lächle freundlich, sage, daß es mir gut geht, weil die beiden danach gefragt haben, und denke: So, jetzt willst du es denen aber mal zeigen, daß du – wenn auch ein etwas steifbeiniger Skiläufer - ein exzellenter Alleinunterhalter bist.

Ich lege los mit einem Feuerwerk leichtfüßiger Konversation, was mir denn auch prompt einige freundliche Lacher einbringt, allerdings nicht von meiner Frau, die über meine Skigeschichten offenbar gar nicht lachen kann und mir hinterher erklärt, ich sei wie ein eitler Schwätzer über die beiden armen Leute hergefallen. »Wieso«, fragt sie, »hast du denen eigentlich deine langbärtigen Skigeschichten erzählt? Das war ja ganz schrecklich. Du weißt doch ganz genau, daß Schröders Welten vom Skilaufen entfernt sind. Die reisen doch immer nur im Sommer in Urlaub und sammeln Versteinerungen - mein Gott, und du dann mit deinen Skigeschichten.«

»Ach, das war'n Schröders?« sag' ich. Und da fällt mir auch ein, daß Schröders ganz früher mal bei uns in der Nachbarschaft gewohnt haben.

Es versteht sich, daß mir eine solche Panne nicht ein zweites Mal passieren wird. Wenn wir Schröders wieder einmal treffen, werde ich das Gespräch sehr behutsam auf Versteinerungen bringen - ich habe mal welche in Königslutter bei Helmstedt gesehen, und dann mach' ich alles wieder gut.

Leider treffen wir aber das nächste Mal nicht Schröders, sondern zwei Damen, mit denen meine Frau sofort ein lebhaftes Gespräch beginnt. Ich bin sicher, daß ich diese beiden Damen noch nie in meinem Leben gesehen habe, obwohl sie mit meiner Frau Reiseerlebnisse austauschen, an die auch ich mich erinnern kann. Aber, Vorsicht, Vorsicht, wer weiß, was dahinter steckt, und ich sage mir: Ehe du hier wieder dummes Zeug redest, halt' lieber deinen Mund und bleib' still.

Kaum jedoch ist die angeregte Unterhaltung beendet, und die beiden fremden Damen sind weitergegangen, guckt mich meine Frau mit allen Zeichen tiefster Verachtung an und sagt: »Mensch, mach' doch bloß nicht immer so 'n dusseliges Gesicht.« Und sie fügt hinzu: »Das waren Bärbel und Hilde, und du stehst dabei und sagst kein Wort, und die beiden - das weißt du ganz genau - haben jetzt wieder ein Thema: Dich - und wie dösig du bist.«

Na gut, wenigstens Bärbel und Hilde sind in diesem Falle mit mir zufrieden.

Schlüssel

Schlüssel haben die bemerkenswerte Eigenschaft, auf geheimnisvolle Weise zu verschwinden - und das innerhalb von Sekunden, denn eben hielt man sie ja noch in der Hand.

»Hast du meine Schlüssel gesehen?« frage ich meine Frau, und sie hat sie natürlich nicht gesehen. Sie ist viel zu sehr mit ihren eigenen Schlüsseln beschäftigt.

»Mist aber auch!« schimpfe ich. »Eben habe ich die Schlüssel noch gehabt. Und jetzt sind sie weg.«

»Guck doch mal in deinen Manteltaschen nach«, rät mir meine Frau, und ich fange an, in meinen Manteltaschen zu kramen, wobei mir der Abholschein von der Reinigung in die Hände fällt, den ich neulich stundenlang gesucht habe. Ich mußte dann ohne den Schein in die Reinigung gehen, um meine Hosen abzuholen, und der freundliche Herr in der Reinigung hat zwanzig Minuten nach meinen Hosen gesucht.

In den Manteltaschen sind die Schlüssel nicht. Vielleicht, ich schüttele den Mantel, vielleicht sind sie durch ein geheimnisvolles Loch gefallen und in den Saum gerutscht. Aber das müßte ja zu hören sein, wenn man den Mantel schüttelt. Ich höre nichts.

»Du legst sie doch sonst immer auf die Truhe«, sagt meine Frau, »wo sie absolut nicht hingehören. Aber Ordnung ist ja noch nie deine Sache gewesen.«

Die Schlüssel liegen nicht einmal auf der Truhe. Sie liegen auch nicht hinter der Truhe. Sie befinden sich weder unter dem Stapel mit alten Zeitungen, noch liegen sie im Salzfaß. Sie werden nun fragen, was Schlüssel in einem Salzfaß zu suchen haben. Natürlich gar nichts. Aber wollen Sie mir bitte mal verraten, was Schlüssel in einer Teedose zu suchen haben?

Sehen Sie, das weiß ich auch nicht, und dennoch habe ich meine Schlüssel mal in einer Teedose wiedergefunden. Diesmal sind sie weder im Salzfaß noch in der Teedose. Sie befinden sich auch nicht in jenem Küchenschrankauszug, der all den wichtigen Gegenständen vorbehalten ist, die kein Mensch mehr braucht.

»Hast du schon mal im Klo geguckt?« fragt mich meine Frau, und sie gibt zu bedenken, daß man manchmal in der Eile seine Schlüssel an den abgelegensten Orten deponiere. Und dann wisse man hinterher nicht mehr, wo man sie gelassen habe.

Meine Großmutter hat einmal ihre Schlüssel nach Tagen angestrengten Suchens in einem Kochtopf wiedergefunden, den sie nur zum Kochen von Eiern benutzte.

Ich guck' aufgrund dieser Erfahrung in sämtliche Kochtöpfe. Aber in keinem von ihnen befinden sich meine Schlüssel. Sie haben sich weder in meine Hausschuhe zurückgezogen, noch befinden sie sich im Kühlschrank. Und auch nicht in der Waschmaschine.

Am Abend beschließe ich, gleich morgen früh einen Schlosser aufzusuchen, um mir überall neue

Schlösser einbauen zu lassen, denn wer weiß, in wessen Hände meine Schlüssel gefallen sind.

Als ich am nächsten Morgen aufbrechen will, um zum Schlosser zu gehen, greife ich ganz automatisch nach meinen Schlüsseln.

Denn sie hängen am Schlüsselbrett. Wo sonst?

Philosophie

»Wem genug zu wenig ist, dem ist nichts genug«, warnt Epikur, der griechische Denker aus Athen. Und etwas mehr als zweitausend Jahre nach ihm setzt uns Wilhelm Busch aus Wiedensahl auseinander, wie er über den Begriff »genug« denkt, nämlich: »Wer nichts gebraucht, der hat genug.«

Ich kann - aus einer langjährigen Lebenserfahrung heraus - nicht umhin, den beiden Herren aus vollem Herzen zuzustimmen - und das nicht ohne Bewunderung. Epikur und Wilhelm Busch demonstrieren mit ihren Worten Bescheidenheit und Lebensklugheit gleichermaßen, denn es ist ja hinreichend bekannt, daß der Mensch, von seiner Konzeption her, den Hals nicht vollkriegen kann und daran am Ende noch ersticken wird.

Andererseits ist es natürlich gar nicht so leicht, von Fall zu Fall darüber zu entscheiden, wann man genug hat und wann nicht.

Wenn ich mir zum Beispiel keine Mütze kaufe, weil ich meine, es sei nicht nötig, daß ich mir eine Mütze auf den Kopf setze, und keine Mütze sei genug, dann muß ich natürlich mit einer Erkältung rechnen, weil sich auf meinem Kopfe eine größere Freifläche befindet, die - vor allem an kalten Tagen - geradezu nach einer Bedeckung schreit. Außerdem hat Wilhelm Busch auch einen Hut getragen, wobei jetzt nur noch die Frage zu klären wäre, ob Busch einen Hut besessen hat oder ob es zwei Hüte waren. Dann allerdings wäre einer schon wieder nicht im Sinne Epikurs gewesen, und auch Wilhelm Busch hätte seine eigene Philosophie überdenken müssen.

Sie sehen daran, wie schwierig es ist, mit einer an sich einleuchtenden Philosophie so zu leben, daß man hinterher auch das Gefühl hat, richtig gelebt zu haben.

Und es sind immer die Kleinigkeiten, bei denen man mit den Lebensweisheiten anderer Leute über Kreuz gerät.

Nehmen wir nur mal den Fall am vorigen Donnerstag. Da saß ich ganz vergnügt bei einem Glase Wein. Es war ein trockener Silvaner aus der Lage Volkachter Ratsherr. Und mit einem Male - wie es manchmal so kommt, war das Glas leer.

Ein Glas Wein, das ist - philosophisch betrachtet - eigentlich genug. Und meine Frau meinte das auch. Sie hält im allgemeinen schon kein Glas Wein für ausreichend. Aber können Epikur und Wilhelm Busch tatsächlich und allen Ernstes ein Glas Wein als genug angesehen haben?

Was mich betrifft, ich bin nach längerem Überlegen zu der Überzeugung gekommen, daß ein Glas, um genug zu sein, doch eigentlich zu wenig ist.

Ich habe daraufhin - am vergangenen Donnerstag - noch ein Glas Wein getrunken. Und ein drittes. Und am Ende habe ich Epikur widerlegt.

Denn das Wort: »Wem genug zu wenig ist, dem ist nichts genug«, stimmte gar nicht mehr. Ich hatte - bei weitem genug.

Glück

Ich hatte dieser Tage Gelegenheit, mich mit einem Herrn zu unterhalten, der auch nach 25 Ehejahren immer noch den Eindruck eines glücklich verheirateten Menschen hinterläßt und dieses zu sein auch unumwunden zugibt. Er spricht darüber ganz offen.

Dieser Herr nun erzählte mir, daß es in all den Jahren seiner Ehe niemals zu ernsthafteren Streitigkeiten zwischen ihm und seiner Frau gekommen sei, und er sei auch nicht ein einziges Mal auf den Gedanken gekommen, einen Teller mit einem mißlungenen Mittagessen an die Wand zu werfen oder wenigstens auf den Fußboden - allerdings aus zwei Gründen.

Erstens wäre das völlig wirkungslos geblieben, weil er den dadurch entstandenen Dreck selber hätte wieder wegmachen müssen. Und zweitens sei seiner Frau niemals ein Mittagessen mißlungen, weil sie das Kochen sowieso weitgehend ihm überlassen habe, nachdem sie einmal einen Pudding gekocht und dabei den Zucker vergessen hatte, was er ihr dann noch nach Jahren vorgehalten habe.

Sie sehen daran, daß es mitunter nur Kleinigkeiten sind, die das Glück einer Ehe bestimmen. Hinzu kommen gewisse Unwägbarkeiten im Verhalten einer Frau, die einen Mann unsicher und, infolgedessen, vorsichtig machen.

Auch dafür lieferte der Herr mit der 25jährigen Eheerfahrung ein beinahe klassisches Beispiel. Er berichtete, seine Frau habe, da seien sie eben eine kurze Zeit verheiratet gewesen, ihren Führerschein gemacht. Und anschließend habe sie ihn eingeladen, sich von ihr ein bißchen spazierenfahren zu lassen, um sich von ihren Fahrkünsten zu überzeugen, wozu er gern bereit gewesen sei.

Sie seien also ins Auto gestiegen und losgefahren, und nach 45 Metern sei seine Frau wieder ausgestiegen und zu Fuß nach Hause gegangen. Es sei im übrigen das letzte Mal gewesen, daß seine Frau ihn im Auto spazierengefahren habe.

»Ich weiß gar nicht«, sagte der Herr mit der langen Ehepraxis, »warum das so gekommen ist und wie sich das entwickelt hat. Und ich verstehe heute noch nicht, warum sie damals ein so wütendes Gesicht gemacht und einen halben Tag nicht mit mir gesprochen hat.«

Er habe ihr, so sagte er, während der 45 Meter langen Fahrt, doch nur ein paar gute Ratschläge über die richtige Bedienung eines Autos und über eine vernünftige Fahrweise gegeben.

Wäsche aufhängen

Unser alltägliches Leben besteht aus einer Vielzahl sehr komplizierter Vorgänge, die im einzelnen zwar meistens gar nichts bewirken, ohne die sich aber manche Leute das Leben gar nicht vorstellen können.

Nehmen wir die Sache mit dem Aufhängen frisch gewaschener Wäsche.

Ich muß Ihnen ganz ehrlich sagen, daß ich mir in meinem bisherigen Leben sehr selten Gedanken darüber gemacht habe, wie man Wäsche zum Trocknen aufhängt, also, sagen wir mal, in welcher Formation und in welcher Reihenfolge. Und nach welchen Gesichtspunkten Unterhosen aufgehängt werden müssen.

Ich habe jedenfalls das Aufhängen von Wäsche niemals als eine besondere Problematik betrachtet, was aber ein Fehler war, der sich bitter rächen sollte. Denn dieser Tage wurde ich, mehr durch Zufall, dazu veranlaßt, frisch gewaschene Wäsche zum Trocknen auf die Leine zu hängen - und zwar in Gegenwart meiner Frau.

Und nun müssen Sie sich vorstellen, wie ich da an der Wäscheleine zu Gange bin, und meine Frau guckt einen Augenblick schweigend zu - und ich merk' zunächst gar nicht, daß es ein bedrohliches Schweigen ist. Plötzlich aber bricht es aus ihr heraus. »Sag mal, wie hängst du denn die Wäsche auf?«

Ich hatte gerade eine Socke in der Hand, die ich ganz normal aufhängen und mit einer Klammer an der Leine befestigen wollte, was aber offenbar verkehrt war. Denn meine Frau sagte: »Du mußt die Socken an den Spitzen aufhängen, und dann darfst du die Socken nicht alle durcheinander hängen. Wie sieht das denn aus?« Sie sagte, daß die Socken sozusagen im Gleichschritt auf der Leine hängen müßten, allein schon wegen der Ästhetik.

Aber wie ich das dann machte, war es auch wieder verkehrt, weil ich die Socken zwar paarweise aufhing, dabei aber übersah, daß man auch die Fersen alle in eine Richtung gucken lassen muß, was natürlich schwer zu begreifen ist für einen Menschen, der genau weiß, daß Socken gar nicht gucken können, schon gar nicht mit den Fersen.

Aber ehe ich mich darüber ausführlichen Gedanken hingeben konnte, stand ich vor neuen Problemen. Wie, so fragte ich, unsicher geworden, meine Frau, hängt man eigentlich Oberhemden auf?

Und benutzt man für das Aufhängen von Oberhemden hölzerne Klammern oder Klammern aus Plastik? Und wie ist das mit den Handtüchern? Benötigt man dazu überhaupt Klammern?

Unterhosen, soviel steht jedenfalls fest, haben keine besonderen Klammerwünsche. Doch werden sie grundsätzlich am Zwickel aufgehängt.

Und Bü ...

Verzeihung, aber ich hatte wirklich mit einem Male einen Büstenhalter in der Hand.

Noch nie in meinem Leben – bis zu diesem Augenblick – hatte ich mir Gedanken darüber gemacht, wie man einen Büstenhalter zum Trocknen aufhängt. Das war für mich eine Frage gewesen, die völlig außerhalb meiner Betrachtungsweise eines Büstenhalters lag.

Und meine Frau sah mich einen Augenblick ganz depremiert an. Sie nahm mir den Büstenhalter aus der Hand und sagte: »Herrjeh, ich habe noch nie einen Mann gesehen, der angesichts eines BHs ein so dummes Gesicht gemacht hat.«

Geh doch nicht so schnell!

»Geh doch nicht so schnell!«

»Ich geh doch gar nicht schnell«, sage ich.

»Natürlich gehst du schnell«, widerspricht meine Frau.

Da bin ich aber ganz anderer Meinung. Ich sage: »Ich gehe ganz normal.«

»Was du so normal nennst!« sagt meine Frau, und sie fügt hinzu: »Kannst du mir mal sagen, was normal ist?«

»Normal ist«, fange ich an zu dozieren, »wenn man einen Schritt vor den anderen setzt.«

»Dann kommt es aber auf die Länge der Schritte an«, wendet meine Frau ein. »Meine Schritte sind erheblich kürzer als deine. Wenn du einen Schritt nach dem anderen setzt, muß ich zwei Schritte machen. Ganz davon abgesehen, daß du dabei wie ein Verrückter rennst. Warum rennst du denn?«

»Ich renne ja gar nicht«, verteidige ich mich.

»Du rennst immer. Es ist, als habest du ständig Angst, nicht rechtzeitig anzukommen.«

»Wo soll ich denn ankommen?« will ich wissen.

»Na, irgendwo! Im Theater, im Kino, im Restaurant, bei Freunden«, sagt meine Frau und fügt hinzu: »Das wollte ich dir sowieso noch sagen. Wenn wir bei Freunden oder Bekannten um 20 Uhr zum Essen eingeladen sind, dann mußt du nicht um Punkt 20 Uhr auf der Matte stehen.«

»Wann denn sonst?«

»Na ja, so etwa um zehn nach acht. Weißt du, diese Ruhe vor einem Besuch sollte man den Gastgebern gönnen. Die waren bis acht Uhr am Jachtern, um es uns schön zu machen, und dann stehst du schon vor der Tür. Entsetzlich!«

»Also, was erwartest du von mir?«

»Daß du nicht so schnell gehst, mehr erwarte ich nicht!«

»Soll ich mich wie eine Schnecke vorwärts bewegen?«

»Das brauchst du nicht. Du brauchst nur so zu gehen wie ich.«

»Das ist ja noch schlimmer«, sage ich.

»Und wenn wir zum Bahnhof gehen«, fällt meiner Frau zusätzlich ein, »brauchst du nicht eine Stunde vor Abfahrt des Zuges dort zu sein. Eine Minute vorher - das reicht.«

»Aber wenn meine Uhr zwei Minuten nach geht?«

»Dann ist der Zug abgefahren«, stellt meine Frau fest.

»Wohin wollen wir denn überhaupt reisen?« frage ich, und meine Frau sagt: »Das ist doch nur ein Beispiel. Wir wollen überhaupt nicht verreisen. Es geht um deine Geschwindigkeit.«

Und sie fügt hinzu: »Guck mal, du gehst schon wieder so schnell. Menschenskind, geh doch nicht so schnell!«

Seit mehr als 45 Jahren gehe ich an der Seite meiner Frau, und jedesmal sagt sie zu mir: »Geh doch nicht so schnell!«

Wir müssen weg!

Ich saß gemütlich im Sessel und las die Zeitung, als sich meine liebe Frau vernehmen ließ.

»Weißt du, wie spät es ist?« fragte sie mit einer leichten Drohung in der Stimme.

Ich schaute auf die Uhr und sagte ihr die Uhrzeit.

Es war abends kurz vor halb acht.

»Halb acht!« sagte sie. »Und du sitzt hier und liest die Zeitung.«

»Warum sollte ich das nicht tun?« fragte ich.

»Das ist mal wieder typisch!« rief sie, und sie erinnerte mich: »Wir sind um acht Uhr bei Tünnermanns zum Essen eingeladen. Es wird Zeit, daß wir gehen.«

»Wenn du meinst«, sagte ich, legte die Zeitung auf den Tisch, bedauerte, daß ich den Artikel über die Querelen im englischen Königshaus nicht zu Ende lesen konnte, erhob mich, quälte mich in meine Straßenschuhe, zog meinen Mantel an, band den Schal um und setzte meine karierte Mütze auf.

»Ich bin fertig!« rief ich.

»Einen Moment noch«, sagte meine Frau. Ich nahm das wörtlich und stellte mich an die Haustür, bereit, die Tür zu öffnen, um meiner Frau den Weg frei zu geben.

Sie kam und sagte: »Du, ich bin noch nicht so weit. Ich muß mir mal eben...«

Der Satz ging irgendwie in einem Gemurmel unter.

Meine Frau verschwand im Bad. Nach fünf Minuten kehrte sie zurück. Ich öffnete die Haustür.

Doch meine Frau sagte: »Weißt du, wo meine Brille ist?«

»Die müßte im Wohnzimmer liegen«, vermutete ich aus langjähriger Erfahrung.

Meine Frau verschwand im Wohnzimmer und teilte mir mit: »Da liegt sie nicht. Auf dich kann man sich überhaupt nicht mehr verlassen.«

Ich wurde langsam ungeduldig, und von draußen kam es durch die geöffnete Tür kalt herein.

»Kommst du nun endlich«, fragte ich.

»Mein Gott« sagte sie. »Es ist doch erst viertel vor acht.« Und sie fragte: »Hast du meine Brosche gesehen, ohne Brosche gehe ich nicht.«

»Welche Brosche?«

»Die von Oma!« sagte meine Frau ungeduldig.

»Die müßte doch in deinem Schrank liegen.«

»Da liegt sie auch«, rief meine Frau, nachdem sie in den Schrank geschaut hatte.

»Dann können wir ja gehen«, sagte ich. Doch meine Frau bremste: »Ich muß noch eben ins Bad.« Und sie fügte hinzu: »Weißt du was? Du bist gräsig. Immer sitzt du mir im Nacken und drängst.«

Ich ließ die Schultern hängen, schloß die Tür, trollte mich ins Wohnzimmer, setzte mich gemütlich hin und schlug die Zeitung auf, um den Artikel über die Querelen im englischen Königshaus zu Ende zu lesen.

Da rief meine Frau: »Wo steckst du?« Und sie sagte: »Schrecklich! Immer muß ich auf dich warten!«

Einschlafen

Es gibt Nächte, da liege ich im Bett und kann nicht einschlafen, und ich denk' dann wohl, es liege vielleicht am Mond. Aber das ist natürlich nur eine Theorie. Genau weiß ich es nicht, und ich beschließe, mal eben meine Frau zu fragen. Ich rufe also: »He, schläfst du schon?«

Aber – kriegst ja keine Antwort.

»He!« rufe ich noch einmal. Und sie macht: »Hm?«

Und ich frage sie: »Schläfst du?« Und sie sagt: »Ja!«

Aber im nächsten Augenblick ist sie wach und fragt mich – wenn auch ein bißchen verschlafen, was denn los sei. »Ist was mit dir? Fühlst du dich nicht gut?«

»Ich kann nicht einschlafen«, sage ich. »Ich habe die ganze Nacht noch kein Auge zugetan. »Du hast vorhin aber schon sehr ausdrucksvoll geschnarcht«, sagt sie zu mir. Doch das kann gar nicht angehen, weil ... ich schnarche ja gar nicht.

Folglich ignoriere ich diese Bemerkung meiner Frau und klage: »Es ist schrecklich, wenn man nicht einschlafen kann.«

Und sie – auch wieder typisch – antwortet: »Versuch' es!«

»Wie soll ich es versuchen?« frage ich, und sie sagt: »Mach einfach die Augen zu.«

»Mach ich ja die ganze Zeit«, sage ich. »Aber die Augen zu zu haben, ist nicht schlafen.«

»Du mußt ganz ruhig liegen«, sagt meine Frau. »Du darfst dich nicht von einer Seite auf die andere wälzen. Wenn einer so wühlt wie du, dann kann er auch nicht einschlafen. Das ist doch klar.«

»Wenn ich wach liege, dann muß ich einfach wühlen«, sage ich, und meine Frau meint, das kenne sie schon. Sie, sagt sie, sie liege manchmal die ganze Nacht wach und rühre sich nicht.

»Du hast mehr Geduld als ich«, sage ich, »Frauen sind sowieso anders.«

Und sie sagt: »Gott sei Dank!«

Und dann rät sie mir: »Du mußt auch mal deine Nase putzen. Du kriegst ja gar keine Luft durch die Nase, so verstopft ist die. Was hast du denn damit gemacht? Außerdem ist sie so laut. Bei so einem Lärm könnte ich auch nicht einschlafen. Putz mal deine Nase!«

Aber, sehen Sie, ich habe wieder kein Taschentuch bei mir, und ich sag' ihr das, und sie sagt mir, wo die Taschentücher liegen. Unten rechts im Schrank. Ich also hoch, hol' mir ein Taschentuch, schnaub' mir die Nase, und meine Frau sagt: »Nun sind bestimmt alle Nachbarn wach.«

»Und ich auch«, sage ich. »Hellwach! Ich werde sicherlich vor morgen früh um sechs nicht einschlafen können, und dann muß ich aufstehen.«

»Zähl' bis hundert«, sagt sie. Und ich fang' an zu zählen. Und sie unterbricht mich und sagt: »Mensch, doch nicht laut. Leise!«

Ich versuche also leise zu zählen, und bei 42 sage ich zu meiner Frau: »Es ist schlimm, wenn man die ganze Nacht wachliegt.«

Und sie sagt: »Wenn man die ganze Nacht redet, kann man auch nicht einschlafen. Du mußt leise zählen«, sagt sie, »oder an etwas Langweiliges denken. Denk an etwas Stinklangweiliges. Dann schläfst du bestimmt ein.«

Und ich denk' an mich. Und wie traurig es ist, daß ich nun die ganze Nacht wachliege und kein Auge zukriege. Und ich hör' noch, wie meine Frau irgendetwas sagt, aber sie spricht sehr, sehr leise. Ich verstehe kein Wort und ich denk' noch: Warum wird sie immer leiser...

... und als ich am nächsten Morgen frisch und erholt aufwache, liegt meine Frau da und hat dicke Augen.

»Was ist mit dir los?« frage ich. Sie sagt: »Nachdem du mich in der vergangenen Nacht geweckt hast und danach so friedlich eingeschlafen bist, habe ich kein Auge mehr zugekriegt.«

Einkaufen

»Ach, weißt du«, sagt meine Frau und legt letzte Hand an ihren Kartoffelsalat, »es muß nicht immer selbstgemachte Majonäse sein. Du könntest eigentlich mal eben Majonäse kaufen.«

Und weil ich gerade nichts Wichtiges vorhabe, sag' ich: »Ja, gib mir Geld.« Ich laß mir erklären, wo es Majonäse zu kaufen gibt und auf was ich alles achten muß. Und danach mach' ich mich auf den Weg und denk' noch, daß ich doch ein feiner Kerl bin, weil ich mich ohne Widerrede zum Einkaufen schicken lasse.

Mayonnaise gibt es, wie Sie vielleicht wissen, in Geschäften zu kaufen, die mit Lebensmitteln handeln. Aber natürlich nicht ausschließlich mit Majonäse, so daß man - wenn man den Laden betritt - leider nicht gleich am Eingang über die Majonäse stolpert. Wer in einem Lebensmittelladen Majonäse kaufen will, der muß sie suchen - vorausgesetzt, es handelt sich um einen Selbstbedienungsladen.

Nun gehöre ich zu jenen Menschen, die eine Scheu davor haben, andere Leute nach dem Weg zu fragen. Es steckt wohl so eine Art Pfadfindermentalität in mir, die mich zwingt, zunächst einmal selber auf die Suche zu gehen.

Das kann, wenn man sich ausschließlich und ganz intensiv auf den zu suchenden Artikel konzentriert, dazu führen, daß man ganz verrückt davon wird. Das hat aber auch den Vorteil, daß man während der Suche auf sehr wichtige Erkenntnisse stößt.

Stellen Sie sich mal meine Überraschung vor, als ich - immer nur Majonäse im Kopf - mit einem Male vor unendlich langen Regalen stehe, die mit Bier besetzt sind. Nur Bier. Darunter einige Sorten, die ich seit Jahren nicht mehr getrunken habe.

Ich lade also erst einmal ein paar Kästen Bier auf meinen Einkaufswagen. Allein schon deswegen, sag' ich mir, weil man heutzutage immer einen ausreichenden Vorrat an Getränken im Hause haben sollte. Man weiß ja gar nicht, was alles passieren kann. Die Wasserleitung wird plötzlich abgestellt. Oder das Leitungswasser ist kontaminiert. Was dann? Ich sollte, denke ich, ruhig noch einen Kasten Bier mehr mitnehmen. Und das tu ich auch und stelle anstandshalber eine Flasche Mineralwasser dazu, weil man ja auch an seine Frau denken muß.

So, und nachdem ich das Wichtigste erledigt habe, ist der Einkaufswagen schon voll, und ich stell' ihn in der Nähe der Kasse ab und begebe mich mit einem zweiten Wagen wieder auf die Suche nach der Majonäse und finde wunderbarerweise die Fleischwarenabteilung.

Dabei fällt mir ein, daß wir schon seit geraumer Zeit kein Fleisch mehr gegessen haben, vorgestern zuletzt. Ich laß mir sechs Kalbsschnitzel einpacken, nehme vorsichtshalber auch ein bißchen Sülze mit und Beefsteakmett und ein halbes Pfund Landleberwurst, eine gekochte Mettwurst und ein Pfund Aufschnitt, es kann ruhig ein bißchen mehr sein, und ein Pfund Fleischsalat, den ich seit undenklichen Zeiten nicht mehr gegessen habe. Wissen Sie, das sind so Dinge, die meine Frau beim Einkaufen immer vergißt.

Von der Fleischwarenabteilung gerate ich über einen kleinen Umweg, der mir zehn Tafeln Vollmilchschokolade einbringt und zwei Marzipanbrote, die meine Frau nicht mag, an den Käse, wo ich mir reichlich einpacken lasse, weil mich ganz plötzlich der Gedanke überfällt, es könnte doch leicht einmal eine Hungersnot ausbrechen.

Vorsichtshalber nehme ich auch Brot und Butter mit und einen Topf Honig. Und am Ende brauche ich noch einen dritten Einkaufswagen, um alle Waren zur Kasse transportieren zu können. Und dann muß ich aber noch einmal zurück, weil ich ja den Whisky vergessen habe.

Sehen Sie, und dann komm' ich nach Hause, und meine Frau kann zuerst gar nicht fassen, was sie da alles sieht. Ich denk' noch, sie freut sich. Aber dann schlägt sie die Hände über dem Kopf zusammen und fragt mich, ob ich denn wohl recht bei Troste sei. »Hättest du nicht gleich den ganzen Laden mitbringen können?«

Und in dem Augenblick fällt mir ein, daß ich die Majonäse vergessen habe.

Fasten

Was nun die alljährlich wiederkehrende Fastenzeit betrifft, so habe ich mich nie darum gekümmert. Sehen Sie, die Fastenzeit ist ja eine Folge des Karnevals, und weil ich noch nie so richtig Karneval gefeiert habe, muß ich auch nicht mit einer anschließenden Enthaltsamkeit bestraft werden. Auch gehöre ich - wenn ich das einmal so sagen darf - nicht der katholischen Kirche an, was aber nicht mein Verdienst ist und auch nicht mein Verschulden. Es hat sich so ergeben.

Aber in meiner Frau muß immer noch ein Rest von dem Katholizismus ihrer Vorfahren stecken, denn, obwohl sie auch seit Jahren nicht mehr zum Karneval gegangen ist, sagt sie: »Fasten täte uns mal ganz gut«

Und wenn meine Frau »uns« sagt, dann meint sie mich.

Ich finde das aber etwas übertrieben, denn der dicke Rettungsring, der sich noch vor einem Jahr um meine Hüfte wölbte, ist fast verschwunden, so daß ich schon glaubte, ich sei krank, was aber gar nicht stimmt, wie mein Doktor mir versicherte. Meine Frau aber meint, fasten sei nicht nur sinnvoll im Hinblick auf einen dicken Bauch. Es sei überhaupt gesund. Hunde zum Beispiel, wenn die einen verdorbenen Magen hätten, dann fräßen die Gras und danach einen ganzen Tag überhaupt nichts.

»Das mag wohl sein«, sag' ich, und das versteh' ich sogar, denn wenn ich Gras fressen müßte, dann hätte ich vom Essen auch erst einmal genug. »Im übrigen«, sage ich, »ist mein Magen gar nicht verdorben.«

»Aber dein Körper braucht eine innere Reinigung«, sagt meine Frau. »Darum wäre eine Fastenkur sehr nützlich.« Sie sagt, der Mensch brauche, von seiner Veranlagung her, nicht unbedingt jeden Morgen ein üppiges Frühstück mit Rührei und Schinken und drei Tassen Tee. Und ein zweites Frühstück sei genau so überflüssig wie das anschließende Mittagessen, wenn nicht noch überflüssiger.

»Wenn du nachmittags deinen Kuchen gegessen hast«, sagt sie, »dann schielst du doch schon wieder nach der Bratpfanne und denkst an die Bratkartoffeln, die es zum Abendessen geben soll. Denk' mal an die Beduinen.«

»Da fallen mir nur Kamele ein«, sage ich, und meine Frau sagt, das sähe mir ähnlich. Ich sollte lieber daran denken, daß die Beduinen mitunter tagelang durch die Wüste wandern und nichts anderes essen als ein paar Datteln. »Die haben sie dann«, sagt meine Frau, »ewig im Mund und saugen daran herum.«

»Gott«, sag ich, »wie schrecklich«, denn ich weiß ja, wie das ist, wenn man etwas Schmackhaftes im Mund hat. Ich kaue dann immer ganz schnell und schlucke fast alles in großen Stücken hinunter, so daß schon mal eine Dame in einem Restaurant den Verdacht geäußert hat, ich müsse irgendwie mit einem Windhund verwandt sein. »Ist vielleicht in Ihrer Familie ein Windhund?« fragte sie und fügte hinzu: »Die schlingen auch so.«

Ich habe hinterher gleich meine Frau gefragt, ob ich ein Windhund sei. Oder ob sie sich vorstellen könnte, daß mein Urgroßvater ein Windhund gewesen ist. Und sie fragte nur: »Dein Urgroßvater? War das nicht der mit dem großen Durst und der Ziegelei, von der am Ende nichts mehr übrig geblieben ist?«

»Na ja«, sagte ich, »es war jedenfalls nichts mehr zu erben. Aber ein Windhund?«

»So wie du ißt«, meinte meine Frau, »hängst du den Zuschauern die Frage ja auch geradezu in den Hals, ob du vom Windhund abstammst. Nimm dich doch ein bißchen zusammen und iß langsam. Und vor allem, iß nicht soviel. Zuviel essen ist ungesund. Fasten ist gesund.« Damit ist sie wieder beim Thema. Und neuerdings hält sie mir Johannes den Täufer vor. Der habe tagelang gefastet. »Alle bedeutenden Männer«, sagt sie, »haben irgendwann in ihrem Leben gefastet, weil Fasten nämlich mithilft, die Gedanken klar zu formen.« Und ein bißchen resignierend sagt sie: »Wenn man natürlich keine Gedanken hat, dann nützt das auch nichts. Dann kann man sie auch nicht formen, indem man fastet.« Im übrigen habe sie unlängst gelesen, daß ein fröhlicher Mensch sehr wenig Nahrung brauche, ein gehässiger Mensch aber sehr viel, weil nämlich seine Drüsentätigkeit nicht funktioniere.

Morgen werde ich wohl mal einen Fastentag einlegen.

Landleben

Von Zeit zu Zeit werde ich von einer tiefen Sehnsucht nach dem Landleben erfaßt. Ich stelle es mir dann wunderbar vor, in der Stille einer weiten Landschaft ganz allein zu leben, weit und breit keine Menschenseele, dem Gackern der Hühner zu lauschen und dem Schnattern der Gänse, angesichts eines zufrieden grunzenden Schweines, an Schinken und Bratkartoffeln mit Speck zu denken, und sich die Milch mit einem geschickten Strippstrappstrull direkt aus der Kuh zu holen.

Wir müßten, denke ich, auch einen kleinen Misthaufen vor der Tür liegen haben. Misthaufen stinken immer so anheimelnd. Ich weiß, daß meine Frau Misthaufen sehr liebt. Und hinter dem Haus stünden ein paar Bienenkörbe. Und wenn wir dann noch einen kleinen Torfstich irgendwo besäßen, könnte uns die Welt im Mondschein begegnen. Wir wären völlig unabhängig.

Und im Überschwang dieses wunderbaren Gefühls frage ich meine Frau: »Was hältst du davon, wenn wir aufs Land ziehen?«

Die Augen meiner Frau fangen an, schwärmerisch zu glänzen. Sie weiß nämlich aus eigener Erfahrung, wie schön es auf dem Lande ist. Sie hat dort als Kind ein paar Jahre gelebt, und sie erinnert sich immer so gern an die Abende in der guten Stube des Bauernhauses, wenn Oma die Äpfel für die ganze Familie schälte und Opa aus der Bibel vorlas.

Sie gibt allerdings zu bedenken: »Wie wirst du das überstehen – Äpfel statt Wein? Und das 1. Buch Mose statt'n Fernsehkrimi?«

»Na ja«, sage ich, »heutzutage werden sie auch auf dem Lande Fernsehkrimis sehen. Oder meinst du, daß es im Fernsehen für die Landbevölkerung extra ein anderes Programm gibt – mit Moses in der Hauptrolle?«

Das glaubt auch meine Frau nicht. Aber sie sagt, so ein Misthaufen, der sei ja sehr schön. Aber der käme natürlich nicht von allein vor die Tür. Da müsse vorher der Kuhstall ausgemistet werden. Ich frage meine Frau: »Kannst du einen Kuhstall ausmisten?« Sie sagt: »Nein, das muß ich auch nicht können. Das ist Männerarbeit.«

Und was das Schweineschlachten beträfe, was ja nötig sei, wenn man Schinken und Bratkartoffeln mit Speck essen wolle, da habe sie als Kind immer den Steert festhalten müssen, und die Männer hätten das Schwein geschlachtet.

»Vielleicht«, sage ich zu meiner Frau, »sollten wir uns einen Knecht anschaffen.« Doch meine Frau sagt: »Knechte haben heutzutage auch ihre geregelte Arbeitszeit. Und wenn abends um halb zehn im ganzen Haus das Licht ausfällt – und wir dann so in der Einsamkeit... Hast du dir mal überlegt, was wir ohne unseren Elektriker machen sollen, der jetzt nur ein paar Häuser weit von uns weg wohnt?«

»Aber«, sag' ich zu meiner Frau, »du hast doch schon mal ein Kabel repariert. Und die Wasserleitung auch – weißt du noch, als mal das Rohr verstopft war?«

Aber ein Strohdach, sagt meine Frau, habe sie noch nie gedeckt. Und ob ich schon einmal im Moor Torf gestochen hätte - bei brütender Hitze? »Wieso ich?« frage ich. »Da könnte man doch jemanden bitten, einen Nachbarn oder so.« Ehrlich gesagt, ich hatte auch gedacht, meine Frau hätte Lust zum Torfstechen, weil sie immer so von ihrer Kindheit auf dem Lande schwärmt.

Aber so sind die Frauen, immerzu vom Landleben reden. Aber wenn es ernst wird, dann kneifen sie.

Kultur des Streitens

»Mit dir«, sagt meine Frau, »kann man sich nicht einmal richtig streiten.« Und sie meint damit mich.

Nun könnte das, bei oberflächlicher Betrachtung, ein Lob sein, weil meine Frau vielleicht meint, ich sei ein friedfertiger Mensch.

Aber erstens meint sie das nicht, und zweitens ist sie der Ansicht, daß Männer ganz allgemein nicht richtig streiten können, leider aber zu dumm seien, dieses zu erkennen und daraus dann die Lehre zu ziehen, um Streitigkeiten künftig zu vermeiden.

»Männer«, sagt meine Frau, »werden in Streitgesprächen immer gleich unsachlich. Oder sie bringen die Gewalt ihrer Lungen ins Gefecht, was unerträglich anzuhören ist. Manchmal«, sagt meine Frau, »haben wir Frauen schon gar keinen Spaß mehr daran, mit euch Kerlen zu streiten.«

Nun ist mir das in der Form bei meiner Frau noch nie aufgefallen. Weil ich aber keine Lust zum Streiten habe, sage ich: »Du hast ganz recht. Schon Montaigne hat gesagt: Unsere Disputationen sollten, wie alle anderen Verbalinjurien, verboten und bestraft werden. Denn was für böse Gesinnungen wecken und pflegen sie doch...«

»Nun hör bitte mit deinen Disputationen und Verbalinjurien auf«, sagt meine Frau. »Das ist auch so eine Unart, mit Fremdwörtern andere Leute totzuquatschen. Politiker tun das auch, und manchmal geben sie mit ihren Lateinkenntnissen an.«

»Was ich nie tue«, sage ich.

»Du hast ja auch keine«, sagt sie. Und im übrigen seien ihr Politiker, die sich der Lateinischen Sprache bedienten, immer noch lieber als solche, die nicht einmal richtig Deutsch könnten und sich einer Ausdrucksweise bedienten, die in den Ohren wehtue.

Nun müssen Sie wissen, daß meine Frau sowieso einen Piek auf Politiker hat. Ich sage: »Du mußt nicht immer so schrecklich verallgemeinern. Und im übrigen hat jedes Volk die Politiker, die es verdient. Und früher ...«

»Fang' nicht schon wieder mit früher an«, sagt meine Frau. »Das ist ein Zeichen für beginnenden Altersstarrsinn. Du willst mir doch wohl nicht erzählen, daß die Männer früher die Kultur des Streitens besser beherrscht haben als heute.«

Das wollte ich ihr eigentlich aber doch erzählen, und ich sage das auch. Sie aber lacht abfällig und sagt: »Du brauchst ja nur an deinen geliebten Knigge zu denken, Umgang mit Menschen. Wenn der von Debattierlust gepackt wurde und in der Nähe einer Dame saß, dann bekam er nach eigenem Bekunden Fieberfrost, weil Frauen, wie er behauptete, für das gelehrsame Gespräch nicht eingerichtet seien.«

»Erstens«, sage ich, »ist das nicht mein geliebter Knigge. Und zweitens versteh ich gar nicht, daß du immer und immer mit Knigge anfängst, wenn du mir einen beipuhlen willst.«

»Ich kann«, sagt meine Frau, »auch aus der Bibel zitieren. Darin wird nämlich die hohe Kultur männlicher Streitgespräche gleich zu Beginn im 1. Buch

Mose geschildert, Kapitel 4, Vers 8.« Und sie sagt: »Darauf sprach Kain zu seinem Bruder Abel: Laß uns aufs Feld gehen! Und als sie auf dem Felde waren, erhob sich Kain wider seinen Bruder Abel und schlug ihn tot.«

»Was hat das mit Kultur zu tun«, frage ich. Und meine Frau sagt: »Diese Frage mußt du nicht mir stellen. Das ist eine Frage an euch Männer.«

Hermann Gutmann in der EDITION TEMMEN:

Bremer Geschichte(n)
ISBN 3-86108-158-X

Bremer Bräuche
ISBN 3-86108-156-3

Hat`s geschmeckt
ISBN 3-86108-153-9

Roland mit de spitzen Knee
ISBN 3-86108-154-7

Bremerhavener Geschichte(n)
ISBN 3-86108-157-1

Mit vollem Munde spricht man nicht
ISBN 3-86108-151-2

Opa-Pflichten
Geschichten für Eltern und Großeltern
ISBN 3-86108-155-5

Felix und die alltäglichen Dinge
ISBN 3-86108-150-4

Ehe-Geschichten
ISBN 3-86108-152-0

Geschichten aus dem Schnoor
ISBN 3-86108-161-x

Geschichten aus dem Radio
ISBN 3-86108-159-8

Paß auf, daß Du Dich nicht bekleckerst
ISBN 3-86108-160-1

Sagen und Geschichten aus Bremen
ISBN 3-86108-163-6

Sagen und Geschichten aus Bremen-Nord
ISBN 3-86108-164-4

Schmunzelgeschichten
ISBN 3-86108-165-2

Weitere Titel in Vorbereitung!